AF599649

El hombre invisible

El hombre invisible

H.G. Wells

Traducción: Benjamin Briggent

Ilustraciones: Louis Strimpl

Diseño de cubierta: Alejandro Díaz
Maquetación: Saul Rojas Blonval
Ilustraciones: Louis Strimpl

Edita: Plutón Ediciones X, s. l.,

E-mail: contacto@plutonediciones.com
http://www.clasicosilustrados.com
http://www.plutonediciones.com

I.S.B.N: 978-84-10233-58-4
Depósito Legal: B-19929-2024

Impreso en China / Printed in China

Estudio Preliminar

Herbert George Wells nació en 1866 en Bromley, un pueblo cercano a Londres, Inglaterra. A pesar de que las condiciones económicas de su familia eran muy malas, tuvo la suerte de contar con un padre aficionado a la lectura que, según el mismo Wells, ejerció una influencia decisiva en su vida, tanto como el accidente que tuvo cuando contaba tan solo con ocho años y que lo tuvo en cama durante meses. Este hecho provocó que devorara por entero la biblioteca de su padre y despertó en él un gran deseo de ser escritor.

La situación económica de la familia lo obligó a obtener diferentes trabajos muy duros que, gracias al esfuerzo y tras varios accidentes, le permitirían matricularse en una escuela nocturna. Sentía mucho interés por el conocimiento científico del momento, y su pasión por los estudios le merecieron ganar una beca para realizar sus estudios superiores en el *Royal College of Science* de Londres, donde, tras varios años, conseguiría graduarse como Doctor en Biología.

Thomas H. Huxley, un eminente fisiólogo y abuelo de Aldous Huxley, fue uno de sus profesores. En esta época, y ya casado, continúa teniendo graves problemas económicos, razón por la que hace cursos en la Escuela Normal, da clases en una escuela media, así como clases particulares, colabora con varias revistas y periódicos y, además, se dedicaba a la investigación, todo esto sin dejar de lado su escritura.

Debido a este sobreesfuerzo, su salud se ve resentida y contrae tuberculosis.

Esto lo lleva a dejar la docencia y a dedicarse por completo a la escritura. Ya había publicado su primera obra por entregas, *Los eternos argonautas,* pero es cuando el editor de la revista funda una nueva publicación que pide a Wells que escriba una novela sensacional, pagando por adelantado. En poco tiempo, Wells, retoma el tema original de la primera historia y escribe *La máquina del tiempo,* que narra un viaje al futuro. Esta obra se convirtió en seguida en todo un éxito que le permitió disfrutar de una libertad económica largamente ansiada y a dedicarse por completo a escribir.

En todos sus escritos, Wells plasma sus convicciones y la preocupación por los problemas políticos y sociales de la época. Consideraba que la educación y la cultura eran las mejores herramientas para conseguir un cambio en la sociedad. Justamente, es su gran conocimiento de los posibles alcances de la ciencia, junto a la moralidad que refleja en sus obras, lo que hace que se le haya nombrado como el verdadero padre de la ciencia ficción.

Entre los años 1933 y 1935, fue presidente del PEN Internacional, organización fundada en 1921 con sede en más de 100 países y cuyo objetivo es promover la amistad y cooperación intelectual de escritores a lo largo y ancho del mundo.

En 1997, sería incluido en el Salón de la Fama de la Ciencia Ficción, que forma parte del museo de la cultura pop en Seattle.

Sus novelas *La guerra de los mundos* y *La máquina del tiempo*, siguen siendo consideradas, más de un siglo tras su publicación, entre las mejores novelas de ciencia ficción jamás escritas. Un reconocimiento más que merecido para uno de los escritores que mejor representa este género.

El hombre invisible

Se publicó por primera vez en 1897 en *Pearson's Magazine* por entregas y, ese mismo año, vería la luz publicada como novela. La historia gira en torno a un científico, Griffin, y su teoría acerca de la posibilidad de convertir a un ser humano en invisible cambiando su índice refractivo para que coincida con el del aire, de forma que su cuerpo no sea capaz de absorber y reflejar la luz, haciendo que, por tanto, deje de ser visible. Una vez logrado su objetivo consigo mismo, Griffin se ve en la problemática de ser incapaz de invertir el efecto y asistimos al efecto que esto causa en él y las consecuencias que conlleva.

I
La llegada del hombre desconocido

El desconocido llegó a comienzos de febrero, un día invernal, abriéndose paso a través de un viento cortante y de una densa nevada, la última del año, bajando de la colina y caminando desde la estación del ferrocarril de Bramblehurst. Llevaba en la mano bien enguantada una pequeña maleta negra. Iba envuelto de los pies a la cabeza, el ala de su sombrero de fieltro le tapaba todo el rostro y solo dejaba al descubierto la brillante punta de su nariz. La nieve se había ido acumulando sobre sus hombros y sobre la pechera de su atuendo y había formado una capa blanca en la parte superior de su carga. Entró tambaleándose en la fonda Coach and Horses, más vivo que muerto, y soltó su maleta. «¡Un fuego!», gritó. «¡Por caridad humana! ¡Una habitación con un fuego!». Dio unos golpes en el suelo y se sacudió la nieve junto a la barra. Después, siguió a la señora Hall hasta el salón para concertar el precio. Sin más presentaciones, una rápida conformidad y un par de soberanos sobre la mesa, se alojó en la posada.

La señora Hall encendió el fuego, le dejó solo y se fue a prepararle algo de comer. Que un cliente se quedara en invierno en Iping era mucha suerte y aún más si no era de esos que regatean, y ella estaba dispuesta a demostrar que se merecía su buena fortuna. Tan pronto como el tocino estuvo casi preparado y luego de haber espabilado a Millie, la floja criada, con unas cuantas expresiones de desdén escogidas con destreza, llevó el mantel, los platos y los vasos al salón y se dispuso a poner la mesa con gran esmero. La

El desconocido llegó a comienzos de febrero, un día invernal, abriéndose paso a través de un viento cortante y de una densa nevada...

señora Hall se sorprendió al ver que el visitante todavía seguía con el abrigo y el sombrero, a pesar de que el fuego ardía con fuerza. El huésped estaba de pie, de espaldas a ella, y miraba fijamente cómo caía la nieve en el patio. Con las manos enguantadas todavía, cogidas en la espalda, parecía estar sumido en sus propios pensamientos. La señora Hall se dio cuenta de que la nieve derretida estaba goteando en la alfombra y le dijo:

—¿Me permite su sombrero y su abrigo para que se sequen en la cocina, señor?

—No —contestó este sin volverse.

No estando segura de haberle oído, le iba a repetir la pregunta. Él se volvió y, mirando a la señora Hall de reojo, dijo con énfasis:

—Prefiero tenerlos puestos.

La señora Hall se dio cuenta de que llevaba puestas unas grandes gafas azules y de que por encima del cuello del abrigo le salían unas amplias patillas, que le ocultaban el rostro completamente.

—Como quiera el señor —contestó ella—. La habitación se calentará enseguida.

Sin contestar, apartó de nuevo la vista de ella, y la señora Hall, dándose cuenta de que sus intentos de entablar conversación no eran oportunos, dejó rápidamente el resto de las cosas sobre la mesa y salió apresuradamente de la habitación. Cuando volvió, él seguía allí todavía, como si fuese de piedra, encorvado, con el cuello del abrigo hacia arriba y el ala del sombrero goteando, ocultándole completamente el rostro y las orejas. La señora Hall dejó los huevos con tocino en la mesa con fuerza y le dijo:

—Como quiera el señor —contestó ella—. La habitación se calentará enseguida.

—El almuerzo está servido, señor.

—Gracias —contestó el forastero, sin moverse hasta que ella hubo cerrado la puerta. Después se dio la vuelta y se acercó a la mesa con cierta rapidez ansiosa.

Cuando volvía a la cocina por detrás del mostrador, la señora Hall empezó a oír un ruido que se repetía a intervalos regulares. Chic, chic, chic, era el sonido, el rápido batir de una cuchara en un cuenco. «¡Esa chica!», dijo, «se me había olvidado, ¡sino tardara tanto!». Y mientras acabó ella de batir la mostaza, reprendió a Millie por su lentitud excesiva. Ella había preparado los huevos con tocino, había puesto la mesa y había hecho todo mientras que Millie (¡vaya una ayuda!) solo había sido exitosa en retrasar la mostaza. ¡Y había un huésped nuevo que quería quedarse! Llenó el tarro de mostaza y, después de colocarlo con cierta majestuosidad en una bandeja de té dorada y negra, la llevó al salón.

Llamó a la puerta y entró. Mientras lo hacía, se dio cuenta de que el visitante se había movido tan deprisa que apenas pudo vislumbrar un objeto blanco que desaparecía debajo de la mesa. Parecía que estaba recogiendo algo del suelo. Dejó el tarro de mostaza sobre la mesa y advirtió que el visitante se había quitado el abrigo y el sombrero y los había dejado en una silla cerca del fuego. Un par de botas mojadas amenazaban con oxidar la pantalla de acero del fuego. La señora Hall se dirigió hacia ello con resolución.

—Supongo que ahora podré llevármelos para secarlos —dijo con una voz que no daba lugar a una posible negativa.

—Deje el sombrero —contestó el visitante con voz apagada, mientras miraba.

Por un momento se quedó boquiabierta ante él, estaba demasiado sorprendida para poder hablar. Él sujetaba una tela blanca —era la servilleta que ella le había traído— frente a la parte inferior de la cara; para ocultar por completo la boca y la mandíbula, de ahí el sonido apagado de su voz. Pero esto no fue lo que sobresaltó tanto a la señora Hall, sino el hecho de ver que tenía toda la frente, por encima de sus gafas azules, tapada con una venda blanca, y otra le cubría las orejas. Estas no le dejaban ni un ápice de su cara descubierta, exceptuando su respingada nariz rosada. Era tan reluciente, rosada y brillante como desde un principio. Tenía puesta una chaqueta de terciopelo marrón oscuro con una solapa alta, forrada de lino negro, que estaba levantada en la parte de atrás del cuello. El pelo negro, abundante, que aparecía entre los vendajes, tenía el aspecto de distintas colas y cuernos, dándole la apariencia más extraña que se pueda concebir. Esa cabeza vendada y amortecida era tan distinta de lo que se había esperado, que por un momento se quedó paralizada.

Él no movió la servilleta, sino que la seguía sosteniendo, como podía ahora observar, con la mano en un guante marrón, y la miraba a través de sus inescrutables gafas azules.

—Deje el sombrero —dijo hablando a través del trapo blanco.

Cuando sus nervios se recobraron del susto, la señora Hall volvió a colocar el sombrero en la silla, al lado del fuego.

—No sabía... señor, que… —empezó a decir, pero se paró, turbada.

—Gracias —contestó secamente, mirando de ella a la puerta y volviendo la mirada a ella de nuevo.

Él sujetaba una tela blanca —era la servilleta que ella le había traído— frente a la parte inferior de la cara; para ocultar por completo la boca y la mandíbula, de ahí el sonido apagado de su voz.

—Haré que los sequen enseguida —dijo, llevándose la ropa de la habitación. Cuando iba hacia la puerta, se volvió para echar de nuevo un vistazo a la cabeza vendada y a las gafas azules; él todavía se tapaba con la servilleta. Al cerrar la puerta, tuvo un ligero estremecimiento, y en su cara se dibujaban sorpresa y perplejidad. «¡Vaya! Nunca...» iba susurrando mientras se acercaba a la cocina, demasiado preocupada como para pensar en lo que Millie estaba haciendo en ese momento.

El visitante se sentó y escuchó cómo se alejaban los pasos de la señora Hall. Antes de quitarse la servilleta para seguir comiendo, miró hacia la ventana inquisitivamente, y siguió comiendo. Tomó un bocado, y continuó mirando la ventana con sospecha mientras comía otro bocado hasta que se levantó, y sujetando la servilleta, corrió las persianas hasta la parte superior de la muselina blanca que oscurecía los cristales inferiores, dejando la habitación en penumbra. Después se sentó a la mesa para terminar de comer tranquilamente.

«Pobre hombre», decía la señora Hall, «habrá tenido un accidente o sufrido una operación, pero ¡qué susto me han dado todos esos vendajes!».

Echó un poco de carbón en la chimenea y colgó el abrigo en un tendedero. «Y ¡esas gafas! ¡Parecía más un buzo que un ser humano!». Tendió la bufanda del visitante. «Y hablando todo el tiempo a través de ese pañuelo blanco... quizá tenga la boca destrozada», y se volvió de repente, como alguien que acaba de recordar algo:

—¡Dios mío! —dijo, saliéndose por la tangente—. ¿Todavía no has terminado las patatas, Millie?

Cuando la señora Hall volvió para recoger la mesa, su

idea de que el visitante tenía la boca desfigurada por algún accidente se confirmó, pues, aunque estaba fumando en pipa, no se quitaba la bufanda que le ocultaba la parte inferior de la cara ni siquiera para llevarse la pipa a los labios. No se trataba de un despiste, pues ella veía cómo él observaba cómo se iba consumiendo. Estaba sentado en un rincón de espaldas a la ventana. Después de haber comido y de haberse calentado un rato en la chimenea, habló a la señora Hall con menos agresividad que antes. El reflejo del fuego le dio a sus grandes gafas una animación que no habían tenido hasta ahora.

—El resto de mi equipaje está en la estación de Bramblehurst —comenzó, y preguntó a la señora Hall si cabía la posibilidad de que se lo trajeran a la posada. Después de escuchar la explicación de la señora Hall, dijo:

—¡Mañana! ¿No puede ser entregado antes? —y pareció desencantado, cuando le respondieron que no—. ¿Está segura? —continuó diciendo—. ¿No podría ir a recogerlo un hombre con una carreta?

La señora Hall contestó sus preguntas sin molestia alguna, e intentó entablar conversación.

—Es una carretera demasiado empinada —dijo, como respuesta a la posibilidad de la carreta; después añadió—: Allí volcó un coche hace poco más de un año y murieron un caballero y el cochero. Pueden ocurrir accidentes en cualquier momento, señor.

Sin inmutarse, el visitante contestó «tiene razón» a través de la bufanda, sin dejar de mirarla con sus gafas impenetrables.

—Y, sin embargo, tardan mucho tiempo en curarse, ¿no

cree usted, señor? Tom, el hijo de mi hermana, se cortó en el brazo con una guadaña al caerse en el campo y, ¡Dios mío! Estuvo tres meses en cama. Aunque no lo crea, cada vez que veo una guadaña me acuerdo de todo aquello, señor.

—Lo comprendo perfectamente —contestó el visitante.

—Estaba tan grave, que creía que iban a operarlo.

De pronto, el visitante se echó a reír. Fue una carcajada que pareció empezar y acabar en su boca.

—¿En serio? —dijo.

—Desde luego, señor. Y no es para tomárselo a broma, sobre todo los que nos tuvimos que ocupar de él, pues mi hermana tiene niños pequeños. Había que estar poniéndole y quitándole vendas. Y me atrevería a decirle, señor, que...

—¿Podría acercarme unas cerillas? —dijo de repente el visitante—. Se me ha apagado la pipa.

La señora Hall se sintió un poco molesta. Le parecía grosero por parte del visitante, después de todo lo que le había contado. Lo miró un instante, pero, recordando los dos soberanos, salió a buscar las cerillas.

—Gracias —dijo él cuando le dio las cerillas, y se volvió hacia la ventana. Era demasiado desalentador continuar. Era evidente que al hombre no le interesaban ni las operaciones ni los vendajes. Después de todo, ella no había querido ser atrevida e insinuar nada, aun así aquel rechazo había conseguido irritarla, y Millie sufriría las consecuencias aquella tarde.

El forastero se quedó en el salón hasta las cuatro, sin permitir que nadie entrase en la habitación. Durante la mayor parte del tiempo estuvo quieto, probablemente sentado en la penumbra, fumando junto al fuego. Dormitando, quizá.

En un par de ocasiones pudo oírse cómo removía las brasas, y por espacio de cinco minutos se oyó cómo caminaba por la habitación. Parecía que hablaba solo. Después se oyó cómo crujía el sillón: se había vuelto a sentar.

II

Las primeras impresiones del señor Teddy Henfrey

Eran las cuatro de la tarde. Estaba oscureciendo, y la señora Hall hacía acopio de valor para entrar en la habitación y preguntarle al visitante si le apetecía tomar una taza de té. En ese momento Teddy Henfrey, el relojero, entró en el bar.

—¡Menudo tiempecito, señora Hall! ¡No hace tiempo para andar por ahí con unas botas tan ligeras! —la nieve caía ahora con más fuerza.

La señora Hall asintió, se dio cuenta de que el relojero traía su caja de herramientas y se le ocurrió una idea.

—A propósito, señor Teddy —dijo—. Me gustaría que echara un vistazo al viejo reloj del salón. Funciona bien, da buenas y abundantes campanadas, pero la aguja de la hora siempre señala las seis.

Y, dirigiéndose al salón, entró después de haber llamado a la puerta. Al abrir, vio al visitante sentado en el sillón delante de la chimenea. Parecía estar medio dormido y tenía la cabeza inclinada hacia un lado. La única luz que había en la habitación era el rojo resplandor del fuego —el cual iluminaba sus ojos como señales ferroviarias, pero la parte baja de su cara permanecía a oscuras— y los exiguos vestigios de la luz del día que entraba por la puerta abierta. Para la señora Hall todo era rojizo, sombreado y borroso, sobre todo porque estaba deslumbrada, ya que acababa de encender las luces del bar. Por un momento le pareció ver que el hombre al que ella estaba mirando tenía una enorme boca abierta, una boca increíble que le ocupaba casi la mitad del rostro. Fue una sensación momentánea: la cabeza vendada, las gafas monstruosas y ese enorme agujero debajo. Enseguida el hombre se agitó en su sillón, se levantó y se llevó la mano al rostro. La señora Hall abrió la puerta de par en par, para que entrara más luz y para poder ver al visitante con claridad. Al igual que antes la servilleta, una bufanda le cubría ahora el rostro. La señora Hall pensó que, seguramente, las sombras le habían dado aquella imagen monstruosa.

—¿Le importaría que entrara este señor a arreglar el reloj? —dijo, mientras se recobraba del susto.

—¿Arreglar el reloj? —dijo, mirando a su alrededor torpemente y con la mano en la boca—. No faltaría más —continuó, esta vez haciendo un esfuerzo por despertarse.

La señora Hall salió para buscar una lámpara, y el visitante hizo ademán de querer estirarse. Al volver la señora Hall con la luz al salón, el señor Teddy Henfrey dio un respingo, al verse frente a aquel hombre recubierto de vendajes.

—Buenas tardes —dijo el visitante al señor Henfrey, que se sintió observado intensamente, como una langosta, a través de aquellas gafas oscuras.

—Espero —dijo el señor Henfrey— que no considere esto una molestia.

—De ninguna manera —contestó el visitante—. Aunque

creía que esta habitación era para mi uso personal —dijo, volviéndose hacia la señora Hall.

—Perdón —dijo la señora Hall—, pero pensé que le gustaría que arreglasen el reloj.

—Sin lugar a dudas —siguió diciendo el visitante—, pero, normalmente, me gusta que me dejen solo y no me interrumpan. Sin embargo, me agrada que hayan venido a arreglar el reloj —dijo, al observar cierta vacilación en el comportamiento del señor Henfrey—. Me agrada mucho.

El visitante se volvió y, dando la espalda a la chimenea, cruzó las manos en la espalda, y dijo:

—Ah, cuando el reloj esté arreglado, me gustaría tomar una taza de té, pero, repito, cuando terminen de arreglar el reloj.

La señora Hall se disponía a salir, no había hecho ningún intento de entablar conversación con el visitante, por miedo a quedar en ridículo ante el señor Henfrey, cuando oyó que el forastero le preguntaba si había averiguado algo más sobre su equipaje. Ella dijo que había hablado del asunto con el cartero y que un porteador se lo iba a traer por la mañana temprano.

—¿Está segura de que es lo más rápido, de que no puede ser antes? —preguntó él.

Con frialdad, la señora Hall le contestó que estaba segura.

—Debería explicar ahora —añadió el forastero— lo que antes no pude por el frío y el cansancio. Soy un científico.

—¿De verdad? —repuso la señora Hall, impresionada.

—Y en mi equipaje tengo distintos aparatos y accesorios muy importantes.

—No tengo duda alguna al respecto, señor —dijo con seguridad la señora Hall.

—Comprenderá ahora la prisa que tengo por reanudar mis investigaciones.

—Claro, señor.

—Mi razón para venir a Iping —prosiguió, con cierta intención deliberada— fue el deseo de soledad. No me gusta que nadie me moleste mientras estoy trabajando. Además de mi trabajo, un accidente...

—Lo suponía —se dijo la señora Hall a si misma.

—Necesito tranquilidad. Tengo los ojos tan débiles y adoloridos, que debo quedarme a oscuras durante horas. Encerrarme a veces… de vez en cuando. No ahora, ciertamente. En esos momentos, una mínima molestia como, por ejemplo, el que alguien entre de pronto en la habitación, sería fuente de una molestia atroz para mí, con lo cual estas cosas deben entenderse.

—Claro, señor —dijo la señora Hall—, y si me permite preguntarle...

—Creo que eso es todo —acabó el forastero, indicando que en ese momento debía finalizar la conversación. La señora Hall se guardó la pregunta y su simpatía para mejor ocasión.

Una vez que la señora Hall salió de la habitación, el forastero se quedó de pie, inmóvil, en frente de la chimenea, mirando airadamente, según el señor Henfrey, cómo este arreglaba el reloj. El señor Henfrey no solo quitó las manecillas del reloj y la esfera, sino que además extrajo piezas internas del reloj e intentaba trabajar de la forma más lenta posible. Trabajaba manteniendo la lámpara cerca de él, de manera que la pantalla verde le arrojaba distintos reflejos sobre las manos, así como sobre el marco y las ruedecillas, dejando el resto de la habitación en penumbra. Cuando levantaba la vista, le parecía ver pequeñas motas de colores. De naturaleza curiosa, había extraído la maquinaria del reloj, lo cual era completamente innecesario, con la idea de retrasar su marcha, y quizás poder entablar conversación con el forastero. Pero el forastero se quedó allí de pie y quieto, tan quieto, que estaba empezando a poner nervioso al señor Henfrey Parecía estar solo en la habitación, pero, cada vez que levantaba la vista, se encontraba con aquella figura gris e imprecisa, con aquella cabeza vendada que lo miraba con unas enormes gafas azules, entre un amasijo de puntitos verdes. A Henfrey le parecía todo muy misterioso, tanto así que durante unos segundos se observaron mutuamente, hasta que Henfrey bajó la mirada. ¡Qué incómodo se encontraba! Le habría gustado decir algo. ¿Qué tal si comentaba algo sobre el frío excesivo que estaba haciendo para esa época del año?

Levantó de nuevo la vista, como si quisiera lanzarle un primer disparo.

—Está haciendo un tiempo... —comenzó.

—¿Por qué no termina de una vez y se marcha? —le contestó aquella figura rígida, sumida en una rabia, que apenas podía dominar—. Solo tiene que colocar la manecilla de las horas en su eje, no crea que me está engañando.

—Desde luego, señor, un minuto más, se me olvidó ver... —y el señor Henfrey terminó su trabajo y se marchó.

Lo hizo muy indignado. «Maldita sea», se decía mientras atravesaba el pueblo torpemente, ya que la nieve se estaba

Trabajaba manteniendo la lámpara cerca de él, de manera que la pantalla verde le arrojaba distintos reflejos sobre las manos, así como sobre el marco y las ruedecillas, dejando el resto de la habitación en penumbra.

derritiendo. «Uno necesita su tiempo para arreglar un reloj». Y seguía diciendo: «¿Acaso no se le puede mirar a la cara?», y luego: «Parece ser que no. Si la policía lo estuviera buscando, no podría estar más envuelto y lleno de vendajes.»

En la esquina con la calle Gleeson vio a Hall, que se había casado hacía poco con la posadera del Coach and Horses y que conducía la diligencia de Iping a Sidderbridge, siempre que hubiese algún pasajero ocasional. Hall venía de allí en ese momento, y parecía que se había quedado un poco más de lo normal en Sidderbridge, a juzgar por su forma de conducir.

—¡Hola, Teddy! —le dijo al pasar.

—¡Te espera una buena pieza en casa! —le contestó Teddy.

—¿Qué dices? —preguntó Hall, después de detenerse.

—Un tipo muy raro se ha hospedado esta noche en el Coach and Horses —explicó Teddy—. Ya lo verás.

Y Teddy procedió a darle una descripción detallada del extraño personaje.

—Parece que va disfrazado. A mí siempre me gusta verla cara de la gente que tengo delante —le dijo, y continuó—, pero las mujeres son muy confiadas cuando se trata de extraños. Se ha instalado en tu habitación y no ha dado ni siquiera un nombre.

—¡Qué me estás diciendo! —le contestó Hall, que era un hombre con una capacidad de comprensión lenta.

—Sí —continuó Teddy—. Y ha pagado por una semana. Sea quien sea, no te podrás librar de él antes de una semana. Y, además, ha traído un montón de equipaje, que le llegará mañana. Esperemos que no se trate de maletas llenas de piedras, Hall.

—¿Qué dices? —preguntó Hall, después de detenerse.

—Un tipo muy raro se ha hospedado esta noche en el Coach and Horses —explicó Teddy—. Ya lo verás.

Entonces, Teddy contó a Hall la historia de cómo un forastero había estafado a una tía suya que vivía en Hastings. Después de escuchar todo esto, el pobre Hall se sintió invadido por las peores sospechas.

—Vamos, levanta, vieja yegua —dijo—. Creo que tengo que enterarme de lo que ocurre.

Teddy siguió su camino mucho más tranquilo después de haberse quitado ese peso de encima.

Cuando Hall llegó a la posada, en lugar de «enterarse de lo que ocurría», lo que recibió fue una reprimenda de su mujer por haberse detenido tanto tiempo en Sidderbridge, y sus tímidas preguntas sobre el forastero fueron contestadas de forma rápida y cortante; sin embargo, la semilla de la sospecha que Teddy había sembrado en la mente del señor Hall ya había germinado, a pesar de estos actos de disuasión.

—Las mujeres no saben nada —dijo el señor Hall, resuelto a averiguar algo más sobre la personalidad del huésped en la primera ocasión que se le presentara. Y después de que el forastero se fue a la cama, sobre las nueve y media, el señor Hall se dirigió al salón intempestivamente y estuvo mirando los muebles de su esposa uno por uno, como para demostrar que el forastero no era señor allí, y se paró a escudriñar detenidamente y hasta con un poco de desdén una hoja con una operación matemática que el forastero había dejado. Cuando se retiró a dormir, dio instrucciones a la señora Hall de inspeccionar el equipaje del forastero cuando llegase el día siguiente.

—Ocúpate de tus asuntos —le contestó la señora Hall—, que yo me ocuparé de los míos.

Estaba dispuesta a contradecir a su marido, porque el forastero era decididamente un hombre muy extraño y ella tampoco estaba muy tranquila. A medianoche se despertó soñando con enormes cabezas blancas como nabos, con larguísimos cuellos e inmensos ojos azules. Pero, como era una mujer sensata, no sucumbió al miedo y se dio la vuelta para seguir durmiendo.

III

LAS MIL Y UNA BOTELLAS

Así fue como un veintinueve de febrero, al principio del deshielo, este peculiar personaje apareció de la nada y fue a parar en el pueblo de Iping. Su equipaje llegó al día siguiente, atravesando el aguanieve. Y era un equipaje que llamaba la atención. Había un par de baúles como los de cualquier hombre corriente, pero, además, había una caja llena de libros, de grandes libros, algunos con una escritura ininteligible, y más de una docena de distintas cajas y cajones embalados en paja, que contenían botellas, como pudo comprobar el señor Hall, quien, por curiosidad, estuvo removiendo entre la paja. El forastero, envuelto en su sombrero, abrigo, guantes y en una especie de capa, salió impaciente al encuentro de la carreta del señor Fearenside, mientras el señor Hall estaba charlando con él y se disponía a ayudarle a descargar todo aquello. Al salir, no se dio cuenta de que el señor Fearenside tenía un perro, que en ese momento estaba olfateando las piernas al señor Hall entusiasmadamente.

—Dense prisa con las cajas —dijo—. He estado esperando demasiado tiempo.

Dicho esto, bajó los escalones y se dirigió a la parte trasera de la carreta, con ademán de coger uno de los paquetes más pequeños.

Nada más verlo, el perro del señor Fearenside empezó a ladrar y a gruñir salvajemente y, cuando el forastero terminó de bajar los escalones de forma apresurada, el perro se abalanzó sobre él y le mordió una mano.

—¡Oh, no! —gritó Hall, dando un salto hacia atrás, pues no era ningún héroe cuando de perros se trataba.

—¡Quieto! —gritó a su vez Fearenside, sacando un látigo.

Los dos hombres vieron cómo los dientes del perro se hundían en la mano del forastero, y después de que este le lanzara un puntapié, vieron cómo el perro daba un salto y le mordía la pierna, oyéndose claramente cómo se le desgarraba la tela del pantalón. Finalmente, el látigo de Fearenside alcanzó al perro y este se escondió, quejándose, debajo de la carreta. Todo ocurrió en medio minuto y solo se escuchaban gritos. El forastero se miró rápidamente el guante desgarrado y la pierna e hizo una inclinación en dirección a la última, pero se dio media vuelta y volvió sobre sus pasos a la posada. Los dos hombres escucharon cómo se alejaba por el pasillo y las escaleras hacia su habitación.

—¡Bruto! —dijo Fearenside, agachándose con el látigo en la mano, mientras se dirigía al perro, que lo miraba desde abajo de la carreta—. ¡Es mejor que me obedezcas y vengas aquí!

Hall seguía de pie, mirando.

—Le ha mordido. Será mejor que vaya a ver cómo se

Los dos hombres vieron cómo los dientes del perro se hundían en la mano del forastero, y después de que este le lanzara un puntapié, vieron cómo el perro daba un salto y le mordía la pierna...

encuentra. —Subió detrás del forastero. En el pasillo se encontró con la señora Hall, y le dijo—: Le ha mordido el perro del carretero.

Fue directamente al piso de arriba y, al encontrar la puerta entreabierta, la empujó y entró en la habitación sin ningún tipo de ceremonia, ya que tenía una inclinación más empática. Las persianas estaban echadas y la habitación a oscuras. El señor Hall creyó ver una cosa muy extraña, lo que parecía un brazo sin mano le hacía señas y lo mismo hacía una cara con tres enormes agujeros blancos, como un pensamiento pálido. De pronto recibió un fuerte golpe en el pecho y cayó de espaldas; al mismo tiempo le cerraron la puerta en las narices y echaron la llave. Todo ocurrió con tanta rapidez que apenas tuvo tiempo para ver nada. Una oleada de formas y figuras indescifrables, un golpe y, por último, la conmoción del mismo. El señor Hall se quedó tendido en la oscuridad del descanso de la escalera, preguntándose qué podía ser aquello que había visto.

Al cabo de unos cuantos minutos se unió a la gente que se había agrupado a la puerta del Coach and Horses. Allí estaba Fearenside, contándolo todo por segunda vez; la señora Hall le decía que su perro no tenía derecho alguno a morder a sus huéspedes; Huxter, el tendero de enfrente, no entendía nada de lo que ocurría, y Sandy Wadgers, el herrero, exponía sus propias opiniones sobre los hechos acaecidos; había también un grupo de mujeres y niños que no dejaban de decir tonterías:

—A mí no me hubiera mordido, seguro.

—No está bien tener ese tipo de perro.

—Y entonces, ¿por qué le mordió?

Fue directamente al piso de arriba y, al encontrar la puerta entreabierta, la empujó y entró en la habitación sin ningún tipo de ceremonia, ya que tenía una inclinación más empática.

Al señor Hall, que escuchaba todo y miraba desde los escalones, le parecía increíble que algo tan extraordinario le hubiera ocurrido en el piso de arriba. Además, tenía un vocabulario demasiado limitado como para poder relatar todas sus impresiones.

—Dice que no quiere ayuda de nadie —dijo, contestando a lo que su mujer le preguntaba—. Será mejor que acabemos de descargar el equipaje.

—Habría que desinfectarle la herida —dijo el señor Huxter—, antes de que se inflame.

—Lo mejor sería pegarle un tiro a ese perro —dijo una de las señoras que estaban en el grupo.

De repente, el perro comenzó a gruñir de nuevo.

—¡Vamos! —gritó una voz enfadada. Allí estaba el forastero embozado, con el cuello del abrigo subido y con la frente tapada por el ala del sombrero—. Cuanto antes suban el equipaje, mejor.

Una de las personas que estaba curioseando se dio cuenta de que el forastero se había cambiado de guantes y de pantalones.

—¿Le ha hecho mucho daño, señor? —preguntó Fearenside, y añadió—: Siento mucho lo ocurrido con el perro.

—No ha sido nada —contestó el forastero—. Ni me ha rozado la piel. Dense prisa con el equipaje —el forastero maldecía entre dientes, según afirma el señor Hall.

Una vez que el primer cajón se encontraba en el salón, según las propias indicaciones del forastero, este se lanzó sobre él con extraordinaria avidez y comenzó a desempaquetarlo, según iba quitando la paja, sin tener en consideración la alfombra de la señora Hall. Empezó a sacar distintas bote-

llí estaba Fearenside, contándolo todo por segunda vez; la señora Hall le decía que su perro no tenía derecho alguno a morder a sus huéspedes

llas del cajón, frascos pequeños y regordetes que contenían polvos, botellas pequeñas y delgadas con líquidos blancos y de color, botellas alargadas de color azul con la etiqueta de «veneno», botellas de panza redonda y cuello largo, botellas grandes, unas blancas y otras verdes, botellas con tapones de cristal y etiquetas blanquecinas, botellas taponadas con corcho, con bitoques, con tapones de madera, botellas de vino, botellas de aceite, y las iba colocando en fila sobre la cómoda, en la chimenea, en la mesa que había debajo de la ventana, en el suelo, en la librería, por todas partes. En la farmacia de Bramblehurst no había ni la mitad de las botellas que había allí. Era todo un espectáculo. Uno tras otro, todos los cajones tenían botellas, y, cuando los seis cajones estuvieron vacíos, la mesa quedó cubierta de paja. Además de botellas, lo único que contenían los cajones eran unos cuantos tubos de ensayo y una balanza cuidadosamente empaquetada.

Después de desempaquetar los cajones, el forastero se dirigió hacia la ventana y se puso a trabajar, sin preocuparse lo más mínimo de la paja esparcida, de la chimenea medio apagada o de los baúles y demás equipaje que habían dejado en el piso de arriba.

Cuando la señora Hall le subió la comida, estaba tan absorto en su trabajo, echando gotitas de las botellas en los tubos de ensayo, que no se dio cuenta de su presencia hasta que no hubo barrido los montones de paja y puesto la bandeja sobre la mesa, quizá con cierto enfado, debido al estado en que había quedado el suelo. Entonces volvió la cabeza y, al verla, la rechazó de nuevo. Pero la señora Hall se había dado cuenta de que no llevaba las gafas puestas; las tenía encima de la mesa, a un lado, y le pareció que en lugar de las cuencas de los ojos tenía dos enormes agujeros. El forastero se volvió a poner las gafas y se dio media vuelta, mirándola de frente. Iba a quejarse de la paja que había quedado en el suelo, pero él se le anticipó:

—Me gustaría que no entrara en la habitación sin llamar antes —le dijo en un tono de exasperación característico suyo.

—He llamado, pero al parecer...

—Quizá lo hiciera, pero en mis investigaciones que, como sabe, son muy importantes y me corren prisa, la más pequeña interrupción, el crujir de una puerta... hay que tenerlo en cuenta.

—Desde luego, señor. Usted puede encerrarse con llave cuando quiera, si es lo que desea.

—Es una buena idea —contestó el forastero.

—Y toda esta paja, señor, me gustaría que se diera cuenta de...

—No se preocupe. Si la paja le molesta, anótemelo en la cuenta —y le farfulló unas palabras que ella sospechó que eran maldiciones.

Allí, de pie, el forastero tenía un aspecto tan extraño, tan agresivo, con una botella en una mano y un tubo de ensayo en la otra, que la señora Hall se asustó. Pero era una mujer decidida, y dijo:

—En ese caso, señor, ¿qué precio cree que sería conveniente?

—Un chelín. Supongo que un chelín será suficiente, ¿no?

—Claro que es suficiente —contestó la señora Hall, mientras colocaba el mantel sobre la mesa—. Si a usted le satisface, por supuesto.

—Me gustaría que no entrara en la habitación sin llamar antes —le dijo en un tono de exasperación característico suyo.

—He llamado, pero al parecer...

Él se dio la vuelta para sentarse, con el cuello de su abrigo hacia ella.

El hombre trabajó toda la tarde con la puerta cerrada y, como la señora Hall podía testificar, en su mayoría en silencio. Pero en una ocasión se oyó un golpe, el sonido de botellas que se entrechocaban y se estrellaban en el suelo, y después se escucharon unos pasos a lo largo de la habitación. Temiendo que algo hubiese ocurrido, la señora Hall se acercó hasta la puerta para escuchar, no atreviéndose a llamar.

—¡No puedo más! —vociferaba el extranjero—. ¡No puedo seguir así! ¡Trescientos mil, cuatrocientos mil! ¡Una gran multitud! ¡Me han engañado! ¡Me va a costar la vida! ¡Paciencia, necesito mucha paciencia! ¡Soy un tonto!

En ese momento, la señora Hall oyó cómo la llamaban desde el bar, y tuvo que dejar, de mala gana, el resto del soliloquio del visitante. Cuando volvió, no se oía nada en la habitación, a excepción del crujido de la silla, o el choque fortuito de las botellas. El soliloquio ya había terminado, y el forastero había vuelto a su trabajo.

Cuando, más tarde, le llevó el té, pudo ver algunos cristales rotos debajo del espejo cóncavo, y una mancha dorada, que había sido restregada con descuido. La señora Hall decidió llamarle la atención.

—Cárguelo en mi cuenta —dijo el visitante con sequedad—. Y por el amor de Dios, no me moleste. Si hay algún desperfecto, cárguelo a mi cuenta —y siguió haciendo una lista en la libreta que tenía delante.

—Te diré algo —dijo Fearenside con aire de misterio. Era ya tarde y se encontraba con Teddy Henfrey en una cervecería de Iping.

—¿Sí? —dijo Teddy Henfrey.

—El tipo del que hablas, al que mordió mi perro, pues bien, creo que es negro. Por lo menos sus piernas lo son. Pude ver lo que había debajo del roto de sus pantalones y de su guante. Cualquiera habría esperado un trozo de piel rosada, ¿no? Bien, pues no lo había. Era negro. Te lo digo yo, era tan negro como mi sombrero.

—Sí, sí, bueno —contestó Henfrey, y añadió—: De todas formas es un caso muy raro. Su nariz es tan rosada, que parece que la han pintado.

—Es verdad —dijo Fearenside—. Yo también me había dado cuenta. Y te diré lo que estoy pensando. Ese hombre es moteado, Teddy. Negro por un lado y blanco por otro, a lunares. Es un tipo de mestizos a los que el color no se les ha mezclado, sino que les ha aparecido a lunares. Ya había oído hablar de este tipo de casos con anterioridad. Y es lo que ocurre generalmente con los caballos, como todos sabemos.

IV

El señor Cuss habla con el forastero

He relatado las circunstancias de la llegada del forastero a Iping con amplitud de detalles para que el lector pueda darse cuenta de la curiosa impresión que causó. Y, exceptuando un par de incidentes algo extraños, no ocurrió nada interesante durante su estancia hasta el día de la fiesta del Club. El visitante había tenido algunas escaramuzas con la señora Hall por problemas domésticos, pero, en estos casos, siempre se libraba de ella cargándolo todo a su cuenta, hasta

—El tipo del que hablas, al que mordió mi perro, pues bien, creo que es negro. Por lo menos sus piernas lo son...

que a finales de abril empezaron a notarse las primeras señales de su penuria económica. El forastero no le resultaba simpático al señor Hall y, siempre que podía, hablaba de la conveniencia de deshacerse de él; pero mostraba su descontento ocultándose de él y evitándole, siempre que podía.

—Espera hasta que llegue el verano —decía la señora Hall prudentemente—. Hasta que lleguen los artistas. Entonces, ya veremos. Quizá sea un poco autoritario, pero las cuentas que se pagan puntualmente son cuentas que se pagan puntualmente, digas lo que digas.

El forastero no iba nunca a la iglesia y, además, no hacía distinción entre el domingo y los demás días, ni siquiera se cambiaba de ropa. Según la opinión de la señora Hall, trabajaba a rachas. Algunos días se levantaba temprano y estaba ocupado todo el tiempo. En otros, sin embargo, se despertaba muy tarde y se pasaba horas hablando en alto, paseando por la habitación mientras fumaba, o se quedaba dormido en el sillón delante del fuego. No mantenía contacto alguno con el mundo más allá del pueblo. Su temperamento era muy desigual; la mayor parte del tiempo su actitud era la de un hombre que se encuentra bajo una tensión insoportable, y en un par de ocasiones se dedicó a cortar, rasgar, arrojar o romper cosas en ataques espasmódicos de violencia. Parecía encontrarse bajo una irritación crónica muy intensa. Se acostumbró a hablar solo en voz baja con frecuencia y, aunque la señora Hall lo escuchaba concienzudamente, no encontraba ni pies ni cabeza a aquello que oía.

Durante el día, raras veces salía de la posada, pero por las noches solía pasear, completamente embozado y sin importarle el frío que hiciese, y elegía para ello los lugares más solitarios y sumidos en sombras de árboles. Sus enormes gafas y la abominable cara vendada debajo del sombrero se aparecían repentinamente en la oscuridad, para desagrado de los campesinos que volvían a sus casas. Teddy Henfrey, una noche que salía tambaleándose de la Scarlet Coat a las nueve y media, se asustó al ver la cabeza del forastero (pues llevaba el sombrero en la mano) alumbrada por un rayo que salía de la puerta de la taberna. Los niños que lo habían visto tenían pesadillas y soñaban con fantasmas, y parece difícil adivinar si él odiaba a los niños más que ellos a él o al revés. Ciertamente, había mucho odio por ambas partes.

Era inevitable que una persona de apariencia tan singular y autoritaria fuese el tema de conversación más frecuente en Iping. La opinión sobre la ocupación del forastero estaba muy dividida. La señora Hall era muy sensible con este punto. Cuando le preguntaban sobre aquello, respondía explicando con detalle que era un investigador experimental. Pronunciaba las sílabas con cautela, como el que teme que exista alguna trampa. Cuando le preguntaban qué quería decir ser investigador experimental, solía decir con un cierto tono de superioridad que las personas educadas sabían perfectamente lo que era, y luego añadía que «descubría cosas». Su huésped había sufrido un accidente, comentaba, su cara y sus manos estaban dañadas y, al tener un carácter tan sensible, era reacio al contacto con la gente del pueblo.

Además de esta, otra versión de la gente del pueblo era la de que se trataba de un criminal que intentaba escapar de la policía embozándose, para que esta no pudiera verlo, oculto como estaba. Esta idea partió del cerebro de Teddy Henfrey. Sin embargo, no se había cometido ningún crimen en el mes de febrero. El señor Gould, el asistente que estaba a prueba en la escuela, imaginó que el forastero era un anarquista disfrazado, que se dedicaba a preparar explosivos, y resolvió hacer las veces de detective en el tiempo que tenía libre. Sus operaciones detectivescas consistían, en la mayoría de los casos, en mirar fijamente al visitante cuando se encontraba con él, o en preguntar cosas sobre él a personas que nunca lo habían visto. No descubrió nada.

Otro grupo compartía la opinión del señor Fearenside, aceptando la versión de que tenía el cuerpo moteado, u otra versión con algunas modificaciones; por ejemplo, a Silas Durgan le oyeron afirmar: «Si se dedicara a exhibirse en las ferias, no tardaría en hacer fortuna», y, pecando de teólogo, comparó al forastero con el hombre que tenía un solo talento. Otro grupo lo explicaba todo diciendo que era un loco inofensivo. Esta última teoría tenía la ventaja de ser muy simple.

Entre los grupos más importantes había indecisos y comprometidos con el tema. La gente de Sussex era poco supersticiosa, y fueron los acontecimientos ocurridos a principios de abril los que hicieron que se empezara a susurrar la palabra sobrenatural entre la gente, e, incluso entonces, solo por las mujeres del pueblo.

Pero, dejando a un lado las teorías, a la gente del pueblo, en general, le desagradaba el forastero. Su irritabilidad, aunque hubiese sido comprensible para un intelectual de la ciudad, resultaba extraña y desconcertante para aquella gente tranquila de Sussex. Las raras gesticulaciones con las que le sorprendían de vez en cuando, los largos paseos al anochecer con los que se aparecía ante ellos en cualquier esquina, el trato inhumano ante cualquier intento de curiosear, el gusto por la oscuridad, que le llevaba a cerrar las puertas, a bajar las persianas y a apagar los candelabros y las lámparas, ¿quién podía estar de acuerdo con todo aquello? Todos se apartaban cuando el forastero pasaba por el pueblo, y, cuando se había alejado, había algunos chistosos que se subían el cuello del abrigo, se bajaban el ala del sombrero y caminaban nerviosamente tras él, imitando aquella personalidad oculta. Por aquel tiempo había una canción popular titulada *El hombre fantasma.* La señorita Statchell la había cantado en la sala de conciertos de la escuela (para ayudar a pagar las lámparas de la iglesia), y después de aquello, cada vez que se reunían dos o tres campesinos y aparecía el forastero, se podían escuchar los dos primeros compases de la canción. Los niños pequeños iban detrás de él y le gritaban «¡Fantasma!», y luego salían corriendo.

La curiosidad devoraba a Cuss, el boticario. Los vendajes atraían su interés profesional, y la historia de las mil y un botellas despertaba su recelo. Durante los meses de abril y mayo había codiciado la oportunidad de hablar con el forastero. Y por fin, hacia Pentecostés, cuando ya no podía aguantar más, aprovechó la excusa de la elaboración de una lista de suscripción para pedir una enfermera para el pueblo y así hablar con el forastero. Se sorprendió cuando supo que la señora Hall no sabía el nombre del huésped.

—Dio su nombre —afirmó la señora Hall sin ningún fundamento—, pero apenas pude oírlo y no me acuerdo.

Pensó que sería demasiado estúpido admitir que no sabía el nombre de su huésped.

Los niños pequeños iban detrás de él y le gritaban «¡Fantasma!», y luego salían corriendo.

El señor Cuss llamó a la puerta del salón y entró. Desde dentro se oyó una imprecación.

—Perdone mi intromisión —dijo Cuss, y cerró la puerta, impidiendo que la señora Hall escuchase el resto de la conversación.

Ella pudo oír un murmullo de voces durante los siguientes diez minutos, después un grito de sorpresa, un movimiento de pies, el golpe de una silla, una sonora carcajada, unos pasos rápidos hacia la puerta, y apareció el señor Cuss con la cara pálida y mirando por encima de su hombro. Dejó la puerta abierta detrás de él y, sin mirar a la señora Hall, siguió por el pasillo y bajó las escaleras, y ella pudo oír cómo se alejaba corriendo por la carretera. Llevaba el sombrero en la mano. Ella se quedó de pie, mirando a la puerta abierta del salón. Después oyó cómo se reía el forastero y el movimiento de sus pasos por la habitación. Desde donde estaba no podía verle la cara. Finalmente, la puerta del salón se cerró y el lugar se quedó de nuevo en silencio.

Cuss cruzó el pueblo hacia la casa de Bunting, el vicario.

—¿Cree que estoy loco? —preguntó Cuss con dureza nada más entrar en el pequeño estudio—. ¿Doy la impresión de ser un enfermo mental?

—¿Qué ha pasado? —preguntó el vicario, que estaba estudiando las hojas gastadas de su próximo sermón.

—Ese tipo, el de la posada.

—¿Y bien?

—Deme algo de beber —dijo Cuss, y se sentó. Cuando se hubo calmado con una copita de jerez barato, el único que el vicario tenía a su disposición, le contó la conversación

El señor Cuss llamó a la puerta del salón y entró. Desde dentro se oyó una imprecación.

que acababa de tener. «Entré en la habitación», dijo entrecortadamente, «y comencé preguntándole si quería poner su nombre en la lista para conseguir la enfermera para el pueblo. Cuando entré, se metió rápidamente las manos en los bolsillos y se dejó caer pesadamente en la silla. Resopló. Le comenté que había oído que se interesaba por los temas científicos. Me dijo que sí, y volvió a resoplar de nuevo, con fuerza. Siguió resoplando todo el tiempo: se notaba que acababa de coger un resfriado tremendo. ¡No me extraña, si siempre va tan tapado! Seguí explicándole la historia de la enfermera, mirando, durante ese tiempo, a mi alrededor. Había botellas llenas de productos químicos por toda la habitación. Una balanza y tubos de ensayo colocados en sus soportes, y un intenso olor a flor de primavera. Le pregunté si quería poner su nombre en la lista y me dijo que lo pensaría. Entonces le pregunté si estaba realizando alguna investigación, y si le estaba costando demasiado tiempo. Se enfadó y me dijo que sí, que era muy larga. "Ah, ¿sí?", le dije, y en ese momento se puso fuera de sí. El hombre iba a estallar, y mi pregunta fue la gota que colmó el vaso. El forastero tenía en sus manos una receta que parecía ser muy valiosa para él. Le pregunté si se la había recetado el médico. "¡Maldita sea!", me contestó. "¿Qué es lo que, en realidad, anda buscando?". Yo me disculpé, entonces, y me contestó con un acceso de tos. La leyó. Cinco ingredientes. La colocó encima de la mesa y, al volverse, una corriente de aire que entró por la ventana se llevó el papel. Se oyó un crujir de papeles. El forastero trabajaba con la chimenea encendida. Vi un resplandor, y la receta se fue chimenea arriba. Se apresuró tras ella, mientras la receta subía rápidamente por el tiro de la chimenea. Entonces, justo en ese momento, y para ilustrar esta historia, salió su brazo».

—¿Y qué?

—¡Que no tenía mano! La manga estaba vacía. ¡Dios mío! Pensé que era una deformidad física. Imaginé que tenía una mano de corcho, y supuse que se la había quitado. Pero luego pensé que había algo raro en todo esto. ¿Qué demonios mantiene tiesa la manga, si no hay nada dentro? De verdad, te digo que no había nada dentro. Nada bajo ella, hasta la articulación. Nada, y pude verle hasta el codo, además, la manga tenía un agujero y la luz pasaba a través de él. "¡Dios mío!", me dije. En ese momento él se detuvo. Se quedó mirándome con sus gafas negras y después se miró la manga.

—Y ¿qué pasó?

—Nada más. No dijo ni una sola palabra, solo miraba y volvió a meterse la manga en el bolsillo. "Hablábamos de la receta, ¿no?", me dijo tosiendo, y yo le pregunté: "¿Cómo demonios puede mover una manga vacía?". "¿Una manga vacía?", me contestó. "Sí, sí, una manga vacía", volví a decirle.

»—Es una manga vacía, ¿verdad? Usted vio una manga vacía.

»Nos pusimos los dos de pie. Después de dar tres pasos, el forastero se me acercó. Resopló con fuerza. Yo no me moví, aunque desde luego aquella cabeza vendada y aquellas gafas son suficientes para poner nervioso a cualquiera, sobre todo si se te van acercando tan despacio.

»—¿Dijo que mi manga estaba vacía? —me preguntó.

»—Eso dije —le respondí yo.

»Entonces él, lentamente, sacó la manga del bolsillo, y la dirigió hacia mí, como si quisiera enseñármela de nuevo. Lo hacía con suma lentitud. Yo miraba. Me pareció que tardaba una eternidad. "¿Y bien?", me preguntó, y yo, aclarándome la garganta, le contesté: "No hay nada. Está vacía." Tenía que decir algo y estaba empezando a sentir miedo. Pude ver el interior. Extendió la manga hacia mí, lenta, muy lentamente, así, hasta que el puño casi rozaba mi cara. ¡Qué raro ver una manga vacía que se te acerca de esa manera! Y entonces...»

—¿Entonces?

—Entonces algo parecido a un dedo me pellizcó la nariz.

Bunting se echó a reír.

—¡No había nada allí dentro! —dijo Cuss, haciendo hincapié en la palabra «allí»—. Me parece muy bien que te rías, pero estaba tan asustado, que le golpeé con el puño, me di la vuelta y salí corriendo de la habitación.

Cuss se calló. Nadie podía dudar de su sinceridad por el pánico que manifestaba. Aturdido, miró a su alrededor y se tomó una segunda copa de jerez.

«Cuando le golpeé el puño», siguió Cuss, «te digo, se sintió exactamente como golpear un brazo, ¡pero no había brazo! ¡No había ni rastro del brazo!».

El señor Bunting recapacitó sobre lo que acababa de oír. Miró al señor Cuss con algunas sospechas.

—Es una historia realmente extraordinaria —le dijo. Miró gravemente a Cuss y repitió—: Realmente, es una historia extraordinaria.

¡Qué raro ver una manga vacía que se te acerca de esa manera! Y entonces...

V

EL ROBO DE LA VICARIA

Los hechos del robo de la vicaría nos llegaron a través del vicario y de su mujer. El robo tuvo lugar la madrugada del día de Pentecostés, el día que Iping dedicaba a la fiesta del Club. Según parece, la señora Bunting se despertó de repente, en medio de la tranquilidad que reina antes del alba, porque tuvo la impresión de que la puerta de su dormitorio se había abierto y después se había vuelto a cerrar. En un principio no despertó a su marido y se sentó en la cama a escuchar. La señora Bunting oyó, claramente, el ruido de las pisadas de unos pies descalzos que salían de la habitación contigua a su dormitorio y se dirigían a la escalera por el pasillo. En cuanto estuvo segura, despertó al reverendo Bunting, intentando hacer el menor ruido posible. Este, sin encender la luz, se puso las gafas, un batín y las zapatillas y salió al rellano de la escalera para ver si oía algo. Desde allí pudo oír claramente cómo alguien estaba hurgando en su despacho, en el piso de abajo, y, posteriormente, un fuerte estornudo.

En ese momento volvió a su habitación y, arenándose con lo que tenía más a mano, el atizador, empezó a bajar las escaleras con el mayor cuidado posible, para no hacer ruido. Mientras tanto, la señora Bunting salió al rellano de la escalera.

Eran alrededor de las cuatro, y la oscuridad de la noche estaba empezando a levantarse. La entrada estaba iluminada por un débil rayo de luz, pero la puerta del estudio estaba tan oscura que parecía impenetrable. Todo estaba en silencio, solo se escuchaban, apenas perceptibles, los crujidos de

En ese momento volvió a su habitación y, arenándose con lo que tenía más a mano, el atizador, empezó a bajar las escaleras con el mayor cuidado posible, para no hacer ruido.

los escalones bajo los pies del señor Bunting, y unos ligeros movimientos en el estudio. De pronto, se oyó un golpe, se abrió un cajón y se escucharon ruidos de papeles. Después también pudo oírse una imprecación, y alguien encendió una cerilla, llenando el estudio de una luz amarillenta. En ese momento, el señor Bunting se encontraba ya en la entrada y pudo observar, por la rendija de la puerta, el cajón abierto y la vela que ardía encima de la mesa, pero no pudo ver a ningún ladrón. Se quedó allí sin saber qué hacer, y la señora Bunting, con la cara pálida y la mirada atenta, bajó las escaleras lentamente, detrás de él. Sin embargo, había algo que mantenía el valor del señor Bunting: la convicción de que el ladrón vivía en el pueblo.

El matrimonio pudo escuchar claramente el sonido del dinero y comprendieron que el ladrón había encontrado sus ahorros, dos libras y diez peniques, y todo en monedas de medio soberano cada una. Cuando escuchó el sonido, el señor Bunting se decidió a entrar en acción y, batiendo con fuerza su bastón, se deslizó dentro de la habitación, seguido de cerca por su esposa.

—¡Ríndase! —gritó con fuerza, y, de pronto se paró, extrañado. Aparentemente, la habitación estaba completamente vacía.

Sin embargo, estaban convencidos de que, en algún momento, habían oído a alguien que se encontraba en la habitación. Durante un momento se quedaron allí, de pie, sin saber qué decir. Luego, la señora Bunting atravesó la habitación para mirar detrás del biombo, mientras que el señor Bunting, en un impulso parecido, miró debajo de la mesa del despacho. Después, la señora Bunting descorrió las cortinas, y su marido miró en la chimenea, tanteando con su bastón. Seguidamente, la señora Bunting echó un vistazo en la papelera y el señor Bunting destapó el cubo del carbón. Finalmente se pararon y se quedaron de pie, mirándose el uno al otro, como preguntándose qué había ocurrido.

—Podría jurarlo —comentó la señora Bunting.

—Y, la vela —dijo el señor Bunting—, ¿quién encendió la vela?

—¡Y el cajón! —dijo la señora Bunting—. ¡Se han llevado el dinero! —Y se apresuró hasta la puerta—. Es de las cosas más extraordinarias...

En ese momento se oyó un estornudo en el pasillo. El matrimonio salió entonces de la habitación y la puerta de la cocina se cerró de golpe.

—Trae la vela —ordenó el señor Bunting, caminando delante de su mujer, y los dos oyeron cómo alguien corría apresuradamente los cerrojos de la puerta.

Cuando abrió la puerta de la cocina, el señor Bunting vio desde el lavadero cómo se estaba abriendo la puerta trasera de la casa. La luz débil del amanecer se esparcía por los macizos oscuros del jardín. La puerta se abrió y se quedó así hasta que se cerró de un portazo. Como consecuencia de aquello, la vela que llevaba el señor Bunting se apagó. Había pasado algo más de un minuto desde que ellos habían entrado en la cocina.

El lugar estaba completamente vacío. Cerraron la puerta trasera y miraron en la cocina, en la despensa y, por último, bajaron a la bodega. No encontraron ni un alma en la casa, y eso que buscaron cuanto pudieron.

Las primeras luces del día encontraron al vicario y a su

esposa, singularmente vestidos, sentados en el primer piso de su casa a la luz, innecesaria ya, de una vela que se estaba extinguiendo, maravillados aún por lo ocurrido.

VI

Los muebles se vuelven locos

Ocurrió que, en la madrugada del día de Pentecostés, el señor y la señora Hall, antes de despertar a Millie para que empezase a trabajar, se levantaron y bajaron a la bodega sin hacer ruido. Su negocio allí era de carácter privado, y tenía que ver con la gravedad específica de su cerveza. Nada más entrar, la señora Hall se dio cuenta de que había olvidado traer una botella de zarzaparrilla de la habitación. Como ella era la más experta en esta materia, el señor Hall subió a buscarla al piso de arriba.

Cuando llegó al rellano de la escalera, le sorprendió ver que la puerta de la habitación del forastero estaba entreabierta. El señor Hall fue a su habitación y encontró la botella donde su mujer le había dicho.

Al volver con la botella, observó que los cerrojos de la puerta principal estaban descorridos y que esta estaba cerrada solo con el pestillo. En un momento de inspiración, se le ocurrió relacionar este hecho con la puerta abierta del forastero y con las sugerencias del señor Teddy Henfrey. Recordó, además, específicamente, cómo sostenía una lámpara mientras la señora Hall había corrido los cerrojos la noche anterior. Al ver todo esto, se detuvo algo asombrado y, con la botella todavía en la mano, volvió a subir al piso de

Ocurrió que, en la madrugada del día de Pentecostés, el señor y la señora Hall, antes de despertar a Millie para que empezase a trabajar, se levantaron y bajaron a la bodega sin hacer ruido.

arriba. Al llegar, llamó a la puerta del forastero y no obtuvo respuesta. Volvió a llamar y, acto seguido, entró abriendo la puerta de par en par.

Como esperaba, la cama, e incluso la habitación, estaban vacías. Y lo que resultaba aún más extraño, incluso para su escasa inteligencia, era que, esparcidas por la silla y los pies de la cama, se encontraban las ropas o, por lo menos, las únicas ropas que él le había visto, y las vendas del huésped. También su sombrero de ala ancha estaba colgado en uno de los barrotes de la cama.

En estas se hallaba cuando oyó la voz de su mujer, que surgía de lo más profundo de la bodega comprimiendo con rapidez las sílabas y destrozando las últimas palabra en las preguntas con un tono más agudo, tono característico de los campesinos del oeste de Sussex que denota una gran impaciencia:

—¡George! ¿Es que no vas a venir nunca? —al oírla, él bajó corriendo.

—Janny —le dijo—. Henfrey tenía razón en lo que decía. Él no está en su habitación. Se ha ido. Los cerrojos de la puerta están descorridos.

Al principio la señora Hall no entendió nada, pero en cuanto se percató, decidió subir a ver por sí misma la habitación vacía. Hall, con la botella en la mano todavía, iba primero.

—Él no está, pero sus ropas sí —dijo—. Entonces, ¿qué está haciendo sin sus ropas? Este es un asunto muy raro.

Mientras subían las escaleras creyeron, según afirmaron más tarde, oír la puerta de la entrada abrirse y cerrarse. Pero al verla cerrada, y nada ni nadie allí, ninguno de los dos dijo nada respecto. La señora Hall adelantó a su marido por el camino y fue la primera en llegar arriba. En ese momento alguien estornudó. Hall, que iba seis pasos detrás de su esposa, pensó que era ella la que había estornudado, pues iba delante, y ella tuvo la impresión de que había sido él el que lo había hecho. La señora Hall abrió la puerta de la habitación, y, al verla, comentó:

—¡Qué curioso es todo esto!

De pronto le pareció escuchar una respiración justo detrás de ella, y, al volverse, se quedó muy sorprendida, ya que su marido se encontraba a unos doce pasos, en el último escalón de la escalera. Un momento después estaba a su lado; ella se adelantó y tocó la almohada y debajo de la ropa.

—Están frías —dijo—. Ha debido levantarse hace más de una hora.

Cuando decía esto, tuvo lugar un hecho extremadamente raro: las sábanas empezaron a moverse solas, formando una especie de pico, que cayó a los pies de la cama. Fue como si alguien las hubiera agarrado por el centro y las hubiese echado a un lado de la cama. Inmediatamente después, el sombrero se descolgó del barrote de la cama y, describiendo un semicírculo en el aire, fue a parar a la cara de la señora Hall. Después, y con la misma rapidez, saltó la esponja del lavabo, y luego una silla, tirando los pantalones y el abrigo del forastero a un lado y riéndose secamente con un tono muy parecido al del forastero, dirigiendo sus cuatro patas hacia la señora Hall, y, como si quisiera afinar la puntería, se lanzó contra ella. La señora Hall gritó y se dio la vuelta, y entonces la silla apoyó sus patas suave pero firmemente en su espalda y les obligó a ella y a su marido a salir de la habi-

Después, y con la misma rapidez, saltó la esponja del lavabo, y luego una silla, tirando los pantalones y el abrigo del forastero a un lado...

tación. Acto seguido, la puerta se cerró con fuerza y alguien echó la llave. Durante un momento pareció que la silla y la cama estaban ejecutando la danza del triunfo, y, de repente, todo quedó en silencio.

La señora Hall, medio desmayada, cayó en brazos de su marido en el rellano de la escalera. Con gran dificultad, el señor Hall y Millie, que se había despertado al escuchar los gritos, lograron finalmente llevarla abajo y aplicarle los remedios acostumbrados en estos casos.

—Son espíritus —decía la señora Hall—. Estoy segura de que son espíritus. Lo he leído en los periódicos. Mesas y sillas que dan brincos y bailan...

—Toma un poco más, Janny —dijo el señor Hall—. Te ayudará a calmarte.

—Échenle fuera —siguió diciendo la señora Hall—. No dejen que vuelva. Debí haberlo sospechado. Debí haberlo sabido. ¡Con esos ojos fuera de las órbitas y esa cabeza! Y sin ir a misa los domingos. Y todas esas botellas, más de las que cualquier persona pueda tener. Ese hombre ha metido espíritus en mis muebles. ¡Mis pobres muebles! En esa misma silla mi madre solía sentarse cuando yo era solo una niña. ¡Y pensar que ahora se ha levantado contra mí!

—Solo una gota más, Janny —le repetía el señor Hall—. Tienes los nervios destrozados.

Cuando aparecieron los primeros rayos de sol, enviaron a Millie al otro lado de la calle, para que despertara al señor Sandy Wadgers, el herrero. El señor Hall le enviaba sus saludos y le mandaba decir que los muebles del piso de arriba se estaban comportando de manera singular. ¿Se podría acercar el señor Wadgers por allí? Era un hombre muy sabio y lleno de recursos. Cuando llegó, examinó el suceso con seriedad.

—Apuesto lo que sea a que es asunto de brujería —dijo el señor Wadgers—. Van a necesitar bastantes herraduras para tratar con gente de ese cariz.

Estaba muy preocupado. Los Hall querían que subiese al piso de arriba, pero él no parecía tener demasiada prisa, prefería quedarse hablando en el pasillo. En ese momento, el ayudante de Huxter se disponía a abrir las persianas del escaparate del establecimiento y lo llamaron para que se uniera al grupo. Naturalmente, el señor Huxter también se unió al cabo de unos minutos. El genio anglosajón quedó en manifiesto en aquella reunión: todo el mundo hablaba, pero nadie se decidía a actuar.

—Repasemos, primero, los hechos —insistió el señor Sandy Wadgers—. Asegurémonos de estar haciendo lo correcto al forzar esa puerta y abrirla. Una puerta que no ha sido forzada siempre se puede forzar, pero no se puede rehacer una vez forzada.

De repente, y de forma extraordinaria, la puerta de la habitación se abrió por sí sola y, ante el asombro de todos, apareció la figura embozada del forastero, quien comenzó a bajar las escaleras, mirándolos como nunca antes lo había hecho a través de sus gafas azules. Empezó a bajar rígida y lentamente, sin dejar de mirarlos en ningún momento; recorrió el pasillo y después se detuvo.

—¡Miren allí! —dijo, y sus miradas siguieron la dirección que les indicaba aquel dedo enguantado hasta fijarse en una botella de zarzaparrilla, que se encontraba en la puerta de la bodega. Después entró en el salón y les cerró la puerta en las narices, airado.

No se escuchó ni una palabra hasta que se extinguieron los últimos ecos del portazo. Se miraron unos a otros.

—¡Que me cuelguen, si esto no es demasiado! —dijo el señor Wadgers, dejando la conversación anterior en el aire—. Yo iría y le pediría una explicación —le dijo al señor Hall.

Les llevó algún tiempo convencer al marido de la posadera de que se atreviese a hacerlo. Cuando lo lograron, este llamó a la puerta, la abrió y solo acertó a decir:

—Perdone...

—¡Váyase al diablo! —le dijo a voces el forastero—. Y cierre la puerta, cuando salga —añadió, dando por terminada la conversación con estas últimas palabras.

VII

El desconocido se descubre

El desconocido entró en el salón del Coach and Horses alrededor de las cinco y media de la mañana y permaneció allí, con las persianas bajadas y la puerta cerrada, hasta cerca de las doce del mediodía, sin que nadie se atreviera a acercarse después del comportamiento que había tenido con el señor Hall.

No debió comer nada durante ese tiempo. La campanilla sonó tres veces, la última vez con furia y de forma continuada, pero nadie contestó.

—Él y su "¡váyase al diablo!" —decía la señora Hall.

En ese momento comenzaron a llegar los rumores del robo en la vicaría, y todo el mundo comenzó a atar cabos sueltos. Hall, acompañado de Wadgers, salió a buscar al señor

Shuckleforth, el magistrado, para pedirle consejo. Como nadie se atrevió a subir, no se sabe lo que estuvo haciendo el forastero. De vez en cuando recorría con celeridad la habitación de un lado a otro, y en un par de ocasiones pudo escucharse cómo maldecía, rasgaba papeles o rompía botellas con fuerza.

El pequeño grupo de gente asustada pero curiosa era cada vez más grande. La señora Huxter se unió al poco rato; algunos jóvenes que lucían chaquetas negras y corbatas de papel imitando piqué, pues era Pentecostés, también se acercaron, preguntándose qué ocurría. El joven Archie Harker, incluso, cruzó el patio e intentó fisgar por debajo de las persianas. No pudo ver nada, pero los demás creyeron que había visto algo y se le unieron enseguida.

Era el día de Pentecostés más bonito que habían tenido hasta entonces: a lo largo de la calle del pueblo podía verse una fila de unos doce puestos de feria y uno de tiro al blanco. En una pradera al lado de la herrería había tres vagones pintados de amarillo y de chocolate, y un grupo muy pintoresco de extranjeros, hombres y mujeres, que estaban levantando un puesto de tiro de cocos. Los caballeros llevaban jerséis azules y las señoras delantales blancos y sombreros a la moda con grandes plumas. Wodger, el de la Purple Fawn, y el señor Jaggers, el zapatero, que, además, se dedicaba a vender bicicletas de segunda mano, estaban colgando una ristra de banderines (con los que, originalmente, se había celebrado el primer jubileo victoriano) a lo largo de la calle.

Y, mientras tanto, dentro, en la oscuridad artificial del salón, en el que solo penetraba un débil rayo de luz, el forastero, suponemos que hambriento y asustado, escondido en su incómoda envoltura, miraba sus papeles con las gafas oscuras o hacía sonar sus botellas, pequeñas y sucias y, de vez en cuando, gritaba enfadado contra los niños, a los que no podía ver pero sí oír al otro lado de las ventanas. En una esquina, al lado de la chimenea, yacían los cristales de media docena de botellas rotas, y el aire estaba cargado de un fuerte olor a cloro. Esto es lo que sabemos por lo que podía oírse en ese momento y por lo que, más tarde, pudo verse en la habitación.

Hacia el mediodía, el forastero abrió de repente la puerta del salón y se quedó mirando fijamente a las tres o cuatro personas que se encontraban en ese momento en el bar.

—Señora Hall —llamó.

Y alguien se apresuró a avisarle a la señora Hall.

La señora Hall apareció al cabo de un instante con la respiración un poco alterada, todavía furiosa. El señor Hall aún se encontraba fuera. Ella había pensado mucho en lo ocurrido, y acudió llevando una bandeja con la cuenta sin pagar.

—¿Desea la cuenta, señor? —le dijo.

—¿Por qué no ha mandado que me trajeran el desayuno? ¿Por qué no me ha preparado la comida y contestado a mis llamadas? ¿Cree que puedo vivir sin comer?

—¿Por qué no me ha pagado la cuenta? —le dijo la señora Hall—. Es lo único que quiero saber.

—Le dije hace tres días que estaba esperando un envío.

—Y yo le dije hace dos que no estaba dispuesta a esperar ningún envío. No puede quejarse si ha esperado un poco por su desayuno, pues yo he estado esperando cinco días a que me pague la cuenta.

El forastero maldijo brevemente, pero con energía. Desde el bar se escucharon algunos comentarios.

—Le estaría muy agradecida, señor, si se guardara sus groserías —le dijo la señora Hall.

El forastero, de pie, parecía ahora más que nunca un buzo. En el bar se convencieron de que, en ese momento, la señora Hall las tenía todas a favor. Y las palabras que el forastero pronunció después se lo confirmaron.

—Espere un poco, buena mujer —comenzó diciendo.

—A mí no me llame buena mujer —contestó la señora Hall.

—Le he dicho y le repito que aún no me ha llegado el envío.

—¡A mí no me venga ahora con envíos! —siguió la señora Hall.

—Espere, quizá todavía me quede en el bolsillo...

—Usted me dijo hace dos días que tan solo llevaba un soberano de plata encima.

—De acuerdo, pero he encontrado algunas monedas...

—¿Es verdad eso? —se oyó desde el bar.

—Me gustaría saber de dónde las ha sacado —le dijo la señora Hall.

Esto pareció enojar mucho al forastero, quien, dando una patada en el suelo, dijo:

—¿Qué quiere decir?

—Que me gustaría saber dónde las ha encontrado —le contestó la señora Hall—. Y, antes de aceptar un billete, de traerle el desayuno, o de hacer cualquier cosa, tiene que decirme una o dos cosas que yo no entiendo y que nadie entiende y que, además, todos estamos ansiosos por entender.

Quiero saber qué le ha estado haciendo a la silla de arriba, y por qué su habitación estaba vacía y cómo pudo entrar de nuevo. Los que se quedan en mi casa tienen que entrar por las puertas, es una regla de la posada, y usted no la ha cumplido, y quiero saber cómo entró, y también quiero saber...

De repente el forastero levantó la mano enguantada, dio un pisotón en el suelo y gritó: «¡Basta!» con tanta fuerza, que la señora Hall enmudeció al instante.

—Usted no entiende —comenzó a decir el forastero— ni quién soy ni qué soy, ¿verdad? Pues voy a enseñárselo. ¡Vaya que si voy a enseñárselo!

En ese momento se tapó la cara con la palma de la mano y luego la apartó. El centro de su rostro se había convertido en un agujero negro.

—Tome —dijo, y dio un paso adelante extendiéndole algo a la señora Hall, que lo aceptó automáticamente, impresionada como estaba por la metamorfosis que estaba sufriendo el rostro del huésped. Después, cuando vio de lo que se trataba, retrocedió unos pasos y, dando un grito, lo soltó. Se trataba de la nariz del forastero, tan rosada y brillante, que rodó por el suelo.

Después se quitó las gafas, mientras lo observaban todos los que estaban en el bar. Se quitó el sombrero y, con un gesto rápido, se desprendió del bigote y de los vendajes. Por un instante estos se resistieron. Un escalofrío recorrió a todos los que se encontraban en el bar.

—¡Dios mío! —gritó alguien, mientras caían al suelo las vendas.

Aquello era peor que cualquier cosa que hubieran visto antes. La señora Hall, horrorizada y boquiabierta, después de dar un grito por lo que estaba viendo, salió corriendo hacia la puerta de la posada. Todo el mundo en el bar echó a correr. Habían estado esperando cicatrices, una cara horriblemente desfigurada, pero ¡no había nada! Las vendas y la peluca volaron hasta el bar, obligando a un muchacho a dar un salto para poder evitarlas. Tropezaban unos con otros al intentar bajar las escaleras. Mientras tanto, el hombre que estaba allí de pie, intentando dar una serie de explicaciones incoherentes, no era más que una figura que gesticulaba y que no tenía absolutamente nada que pudiera verse del cuello del abrigo para arriba.

La gente del pueblo que estaba fuera oyó los gritos y los chillidos y, cuando miraron calle arriba, vieron cómo la gente salía, a empellones, del Coach and Horses. Vieron cómo se caía la señora Hall y cómo el señor Teddy Henfrey saltaba por encima de ella para no pisarla. Después oyeron los terribles gritos de Millie, que había salido de la cocina al escuchar el ruido en el bar y se había encontrado con el forastero sin cabeza.

Al ver todo aquello, los que se encontraban en la calle, el vendedor de dulces, el propietario de la caseta del tiro de cocos y su ayudante, el señor de los columpios, varios niños y niñas, petimetres paletos, elegantes jovencitas, señores bien vestidos e incluso las gitanas con sus delantales se acercaron corriendo a la posada; y, milagrosamente, en un corto período de tiempo una multitud de casi cuarenta personas, que no dejaba de aumentar, se agitaba, silbaba, preguntaba, contestaba y sugería delante del establecimiento del señor Hall. Todos hablaban a la vez y aquello no parecía otra cosa que la torre de Babel. Un pequeño grupo atendía a la señora Hall, que estaba al borde del desmayo. La confusión fue muy grande ante la evidencia de un testigo ocular, que seguía gritando:

—¡Un fantasma!

—¿Qué es lo que ha hecho?

—¿No la habrá herido?

—Creo que se le vino encima con un cuchillo en la mano.

—Te digo que no tiene cabeza, y no es una forma de hablar, me refiero a ¡un hombre sin cabeza!

—¡Tonterías! Eso es un truco de prestidigitador.

—¡Se ha quitado unos vendajes!

En su intento de atisbar algo a través de la puerta abierta, la multitud había formado un enorme muro, y la persona que estaba más cerca de la posada gritaba:

—Se estuvo quieto un momento, oí el grito de la mujer y se volvió. La chica echó a correr y él la persiguió. No duró más de diez segundos. Después, él volvió con una navaja en la mano y con una barra de pan. No hace ni un minuto que ha entrado por aquella puerta. Les digo que ese hombre no tenía cabeza. Ustedes no han podido verlo...

Hubo un pequeño revuelo detrás de la multitud, y el que hablaba se paró para dejar paso a una pequeña procesión que se dirigía con resolución hacia la casa. El primero era el señor Hall, completamente rojo y decidido; le seguía el señor Bobby Jaffers, el policía del pueblo, y, después, iba el astuto señor Wadgers. Traían una autorización judicial para arrestar al forastero.

La gente seguía dando distintas versiones de los acontecimientos.

—Con cabeza o sin ella —decía Jaffers—, tengo que arrestarlo y lo arrestaré.

El primero era el señor Hall, completamente rojo y decidido; le seguía el señor Bobby Jaffers, el policía del pueblo, y, después, iba el astuto señor Wadgers.

El señor Hall subió las escaleras para dirigirse a la puerta del salón. La puerta estaba abierta.

—Agente —dijo—, cumpla usted con su deber.

Jaffers entró el primero, Hall después y, por último, Wadgers. En la penumbra vieron una figura sin cabeza delante de ellos. Tenía un trozo de pan mordisqueado en una mano y un pedazo de queso en la otra.

—¡Es él! —dijo Hall.

—¿Qué demonios es todo esto? —dijo una voz, que surgía del cuello de la figura, en un tono de enfado evidente.

—Es usted un tipo bastante raro, señor —dijo el señor Jaffers—. Pero, con cabeza o sin ella, en la orden especifica cuerpo, y el deber es el deber...

—¡A mí no se me acerque! —dijo la figura, echándose hacia atrás.

De un golpe tiró el pan y el queso, y el señor Hall agarró la navaja justo a tiempo, para que no se clavara en la mesa. El forastero se quitó el guante de la mano izquierda y abofeteó a Jaffers. Un instante después, Jaffers, cortando el discurso referente a sus derechos y la orden de arresto, lo agarró por la muñeca sin mano y por la garganta invisible. El forastero le dio entonces una patada en la espinilla, que lo hizo gritar, pero Jaffers siguió sin soltar la presa. Hall deslizó la navaja por encima de la mesa, para que Wadgers la cogiera, y dio un paso hacia atrás, al ver que Jaffers y el forastero iban tambaleándose hacia donde él estaba, dándose puñetazos el uno al otro. Sin darse cuenta de que había una silla en medio, los dos hombres cayeron al suelo con gran estruendo.

—Agárrelo por los pies —dijo Jaffers entre dientes.

El señor Hall, al intentar seguir las instrucciones, recibió una buena patada en las costillas, que lo inutilizó un momento, y el señor Wadgers, al ver que el forastero sin cabeza rodaba y se colocaba encima de Jaffers, retrocedió hasta la puerta, cuchillo en mano, tropezando con el señor Huxter y el carretero de Sidderbridge, que acudían para prestar ayuda. En ese mismo instante se cayeron tres o cuatro botellas de la cómoda, y un fuerte olor a acre se expandió por toda la habitación.

—¡Me rindo! —gritaba el forastero, a pesar de estar todavía encima de Jaffers.

Poco después se levantaba, apareciendo como una extraña figura sin cabeza y sin manos, pues se había quitado tanto el guante derecho como el izquierdo.

—No vale la pena —dijo, como si le faltara la respiración.

Era especialmente extraño oír aquella voz que surgía de la nada, pero quizá sean los campesinos de Sussex la gente más práctica del mundo. Jaffers también se levantó y sacó un par de esposas.

—Pero... —dijo, dándose cuenta de la incongruencia de todo aquel asunto—. ¡Maldita sea! No puedo utilizarlas. ¡No veo!

El forastero se pasó el brazo por el chaleco, y, como si se tratase de un milagro, los botones de su manga vacía se desabrochaban solos. Después comentó algo sobre su espinilla y se agachó: parecía estar toqueteándose los zapatos y los calcetines.

—¡Cómo! —dijo Huxter de repente—. Esto no es un hombre. Son solo ropas vacías. ¡Miren! Se puede ver el vacío dentro del cuello del abrigo y del forro de la ropa. Podría incluso meter mi brazo...

Pero, al extender su brazo, topó con algo que estaba suspendido en el aire, y lo retiró a la vez que lanzaba una exclamación.

—Le agradecería que no me metiera los dedos en el ojo —dijo la voz de la figura invisible con tono enfadado—. La verdad es que tengo todo: cabeza, manos, piernas y el resto del cuerpo. Lo que ocurre es que soy invisible. Es un fastidio, pero no lo puedo remediar. Y, además, no es razón suficiente para que cualquier estúpido de Iping venga a ponerme las manos encima. ¿No creen?

La ropa, completamente desabrochada y colgando sobre un soporte invisible, se puso en pie, con los brazos en jarras.

Algunos hombres del pueblo habían ido entrando en la habitación, que ahora estaba bastante concurrida.

—Con que invisible, ¿eh? —dijo Huxter, sin escuchar los insultos del forastero—. ¿Quién ha oído hablar antes de algo parecido?

—Quizá les parezca extraño, pero no es un crimen. No tengo por qué ser asaltado por un policía de esta manera.

—Ah, ¿no? Ese es otro tema —dijo Jaffers—. No hay duda de que es difícil verlo con la luz que hay aquí, pero yo he traído una orden de arresto, y está en regla. Yo no vengo a arrestarlo, porque usted sea invisible, sino por robo. Han robado en una casa y se han llevado el dinero.

—¿Y qué?

—Que las circunstancias señalan...

—¡Deje de decir tonterías! —dijo el hombre invisible.

—Eso espero, señor. Pero me han dado instrucciones.

—Está bien, iré. Iré con usted, pero sin esposas.

—Es lo reglamentario —dijo Jaffers.

—Sin esposas —insistió el forastero.

—¿Disculpa? —dijo Jaffers.

De repente, la figura se sentó, y, antes de que nadie pudiera darse cuenta, se había quitado las zapatillas, los calcetines y había tirado los pantalones debajo de la mesa. Después se volvió a levantar y dejó caer su abrigo.

—¡Eh, espere un momento! —dijo Jaffers, dándose cuenta de lo que, en realidad, ocurría. Le agarró por el chaleco, hasta que la camisa se deslizó por el mismo y se quedó con la prenda vacía entre las manos—. ¡Agárrenlo! —gritó Jaffers—. En el momento en que se quite todas las cosas...

—¡Que alguien lo coja! —gritaban todos a la vez, mientras intentaban apoderarse de la camisa, que se movía de un lado para otro, y que era la única prenda visible del forastero.

La manga de la camisa asestó un golpe en la cara a Hall, evitando que este siguiera avanzando con los brazos abiertos, y lo empujó, haciéndole caer de espaldas sobre Toothsome, el sacristán. Un momento después la camisa se elevó en el aire, como si alguien se quitara una prenda por la cabeza. Jaffers la agarró con fuerza, pero solo consiguió ayudar a que el forastero se desprendiera de ella; de pronto sintió un golpe en la boca y, blandiendo su porra con violencia, asestó un golpe a Teddy Henfrey en toda la coronilla.

—¡Cuidado! —gritaban todos, resguardándose donde podía y dando golpes por doquier—. ¡Agárrenlo! ¡Que alguien cierre la puerta! ¡No lo dejen escapar! ¡Creo que he agarrado algo, aquí está!

Aquello se había convertido en un campo de batalla. Todo el mundo, al parecer, estaba recibiendo golpes, y Sandy Wadgers, tan astuto como siempre y con la inteligencia agudizada por un terrible puñetazo en la nariz, salió por la puerta,

La manga de la camisa asestó un golpe en la cara a Hall, evitando que este siguiera avanzando con los brazos abiertos, y lo empujó, haciéndole caer de espaldas sobre Toothsome, el sacristán.

abriendo así el camino a los demás. Los otros, al intentar seguirlo, se iban amontonando en el umbral. Los golpes continuaban. Phipps, el sindicalista, tenía un diente roto, y Henfrey estaba sangrando por una oreja. Jaffers recibió un golpe en la mandíbula y, al volverse, cogió algo que se interponía entre él y Huxter en la pelea y que impidió que se diesen un encontronazo. Notó un pecho musculoso y, en cuestión de segundos, el grupo de hombres sobreexcitados logró salir al vestíbulo, que también estaba abarrotado.

—¡Ya lo tengo! —gritó Jaffers, que se debatía entre todos los demás y que luchaba, con la cara completamente roja, con un enemigo al que no podía ver.

Los hombres se apelotonaron a la derecha e izquierda, mientras que los dos combatientes se dirigían hacia la puerta de entrada. Al llegar, bajaron rodando la media docena de escalones de la posada. Jaffers seguía gritando con voz rota, sin soltar su presa y pegándole rodillazos, hasta que cayó pesadamente, dando con su cabeza en el suelo. Solo en ese momento sus dedos soltaron lo que tenía entre manos.

La gente seguía gritando excitada: «¡Agárrenlo! ¡Es invisible!», y un joven, que no era conocido en el lugar y cuyo nombre no viene al caso, cogió algo, pero volvió a perderlo, y cayó sobre el cuerpo del policía. Algo más lejos, en medio de la calle, una mujer se puso a gritar al sentir cómo la empujaban, y un perro, al que, aparentemente, le habían dado una patada, corrió aullando hacia el patio de Huxter, y con esto se consumó la transformación del hombre invisible. Durante un rato, la gente siguió asombrada y haciendo gestos, hasta que cundió el pánico y todos echaron a correr en distintas direcciones por el pueblo.

El único que no se movió fue Jaffers, que se quedó allí, boca arriba y con las piernas dobladas.

VIII
En tránsito

El octavo capítulo es extremadamente corto y cuenta cómo Gibbins, el naturalista de la comarca, mientras estaba tumbado en una pradera, sin que hubiese un alma a un par de millas de distancia, medio dormido, escuchó a su lado a alguien que tosía, estornudaba y maldecía; al mirar no vio nada, pero era indiscutible que allí había alguien. La voz siguió maldiciendo con la variedad característica de un hombre culto. Las maldiciones llegaron a un punto culminante, disminuyeron de nuevo y se perdieron en la distancia, en dirección, al parecer, a Adderdean. Todo terminó con un espasmódico estornudo. Gibbins no había oído nada de lo que había sucedido aquella mañana, pero aquel fenómeno le resultó tan sumamente raro, que consiguió que desapareciera toda su filosófica tranquilidad; se levantó rápidamente y echó a correr por la colina hacia el pueblo tan de prisa como le fue posible.

IX
El señor Thomas Marvel

Imaginen al señor Thomas Marvel como una persona de rostro ancho y moldeable, con una enorme nariz redonda, una boca grande, alicorada y alterable y una barba excéntrica y erizada. Su figura tenía tendencia regordeta y sus piernas cortas acentuaban aún más esa tendencia. Solía llevar un sombrero de seda adornado con pieles y, con frecuencia, en lugar de cordeles y cordones llevaba botones en los zapatos, delatando así su estado de soltero.

El señor Thomas Marvel estaba sentado en la cuneta de la carretera de Adderdean, a una milla y media de Iping. Sus pies estaban únicamente cubiertos por unos calcetines mal puestos, que dejaban asomarse unos dedos anchos y tiesos, como las orejas de un perro que está al acecho. Con tranquilidad —como solía hacerlo todo—, estaba contemplando probarse un par de botas que tenía delante. Eran las mejores botas que había visto en mucho tiempo, pero eran demasiado grandes para él. Por el contrario, las suyas eran muy buenas para tiempo seco, pero, como tenían una suela muy fina, no valían para caminar por el barro. El señor Thomas Marvel odiaba los zapatos grandes, pero también odiaba el barro. Nunca se había parado a pensar qué odiaba más, pero aquel era un muy buen día y no tenía otra cosa mejor que hacer. Puso las cuatro botas juntas en el suelo y se quedó mirándolas. Y al verlas allí, entre la hierba, se le ocurrió, de repente, que los dos pares eran muy feos. No se inmutó al oír una voz detrás de él que decía:

—De cualquier modo, son botas— dijo la voz.

—Sí, botas de caridad —dijo el señor Thomas Marvel con la cabeza inclinada y mirándolas con desgana—. Y ¡maldita sea si sé cuál de los dos pares es más feo!

—Humm —dijo la voz.

—Las he tenido peores, incluso, a veces, ni he tenido botas. Pero nunca unas tan condenadamente feas, si me permite la expresión. He estado intentando buscar unas botas. Estoy harto de las que llevo. Son muy buenas, pero se ven mucho por ahí. Y, créame, no he encontrado en todo el condado otras botas que no sean iguales. ¡Mírelas bien! Y eso que, en general, es un condado en donde se fabrican buenas botas. Pero tengo mala suerte. He llevado estas botas por el condado durante más de diez años, y luego, me tratan como me tratan.

—Es un condado salvaje —dijo la voz— y sus habitantes son unos cerdos.

—¿Usted también opina así? —dijo el señor Thomas Marvel—. Pero, sin duda, ¡lo peor de todo son las botas!

Al decir esto, se volvió hacia la derecha, para comparar sus botas con las de su interlocutor, pero donde habrían tenido que estar no había ni botas ni piernas. Fue irradiado por la luz de un gran asombro.

—¿Dónde está usted? —preguntó sobre su hombro, mientras se ponía a cuatro patas, y miraba para todos dados. Pero solo encontró grandes praderas y, a lo dejos, verdes arbustos movidos por el viento.

—¿Estaré borracho? —se decía el señor Thomas Marvel—. ¿Habré tenido visiones? ¿Habré estado hablando conmigo mismo? ¿Qué...?

—No se asuste —dijo una voz.

—No me utilice para hacer de ventrílocuo —dijo el señor Marvel mientras se ponía en pie—. ¡Y encima me dice que no me asuste! ¿Dónde está usted?

—No se asuste —repitió la voz.

—¡Usted sí que se va a asustar dentro de un momento,

—¿Estaré borracho? —se decía el señor Thomas Marvel—. ¿Habré tenido visiones? ¿Habré estado hablando conmigo mismo? ¿Qué...?

está loco! —dijo el señor Thomas Marvel—. ¿Dónde está usted? Deje que de eche un vistazo... ¿No estará usted bajo tierra? —prosiguió el señor Thomas Marvel, después de un intervalo.

No hubo respuesta. El señor Thomas Marvel estaba de pie, sin botas y con la chaqueta a medio quitar.

—Pio, pio —a lo lejos se escuchó un avefría cantar.

—¡Solo faltaba el trino de un avefría! —añadió el señor Thomas Marvel—. No es precisamente un momento para bromas.

La pradera estaba completamente desierta. La carretera, con sus cunetas y sus estacas blancas divisorias, también. Tan solo el canto del pájaro turbaba la quietud del cielo.

—¡Que alguien me ayude! —dijo el señor Thomas Marvel, volviéndose a echar el abrigo sobre los hombros—. ¡Es la bebida! Debería haberme dado cuenta antes.

—No es la bebida —señaló la voz—. Usted está completamente sobrio.

—¡Oh, no! —dijo el señor Marvel mientras palidecía—. Es la bebida —repetían sus labios, y se puso a mirar a su alrededor, yéndose hacia atrás—. Habría jurado que oí una voz —concluyó en un susurro.

—Desde luego que la oyó.

—Ahí está otra vez —dijo el señor Marvel, cerrando los ojos y llevándose la mano a la frente con desesperación. En ese momento lo cogieron del cuello y do zarandearon, dejándolo más aturdido que nunca.

—No sea tonto —señaló la voz.

—Me estoy volviendo loco —dijo el señor Thomas Marvel—. Debe haber sido por haberme quedado mirando durante tanto tiempo das botas. O me estoy volviendo loco o es cosa de espíritus.

—Ni una cosa ni la otra —añadió la voz—. ¡Escúcheme!

—Loco de remate —se decía el señor Marvel.

—Un minuto, por favor —dijo la voz, intentando controlarse.

—Está bien. ¿Qué quiere? —dijo el señor Marvel, con la extraña impresión de que un dedo lo había tocado en el pecho.

—Usted cree que soy un producto de su imaginación y solo eso, ¿verdad?

—¿Qué otra cosa podría ser? —contestó Thomas Marvel, rascándose el cogote.

—Muy bien —contestó la voz, con tono de enfado—. Entonces voy a empezar a tirarle piedras hasta que cambie de opinión.

—Pero, ¿dónde está usted?

La voz no contestó. Entonces, como surgida del aire, apareció una piedra que, por un pelo, no le dio al señor Marvel en un hombro. Al volverse, vio cómo una piedra se levantaba en el aire, trazaba un círculo muy complicado, se detenía un momento y caía a sus pies con invisible rapidez. Estaba tan asombrado que no pudo evitarla. La piedra, con un zumbido, rebotó en su dedo del pie y fue a parar a la cuneta. El señor Marvel se puso a dar saltos sobre un solo pie, gritando. Acto seguido echó a correr, pero chocó contra un obstáculo invisible y cayó al suelo sentado.

—¿Y ahora? —dijo la voz, mientras una tercera piedra se elevaba en el aire y se paraba justo encima de la cabeza del señor Marvel—. ¿Soy un producto de su imaginación?

El señor Marvel, en lugar de responder, se puso de pie, e inmediatamente volvió a caer al suelo. Se quedó en esa posición un momento.

—Si vuelve a intentar escapar —añadió la voz—, le tiraré la piedra en la cabeza.

—Es curioso —dijo el señor Thomas Marvel, que, sentado, se cogía el dedo dañado con la mano y tenía la vista fija en la tercera piedra—. No lo entiendo. Piedras que se mueven solas. Piedras que hablan. Me siento. Me rindo.

La tercera piedra cayó al suelo.

—Es muy sencillo —dijo la voz—. Soy un hombre invisible.

—Dígame otra cosa, por favor —dijo el señor Marvel, aún con cara de dolor—. ¿Dónde está escondido? ¿Cómo lo hace? No entiendo nada.

—No hay más que entender —dijo la voz—. Soy invisible. Es lo que quiero hacerle comprender.

—Eso, cualquiera puede verlo. No tiene por qué ponerse así. Y, ahora, deme una pista. ¿Cómo hace para esconderse?

—Soy invisible. Esa es la cuestión y es lo que quiero que entienda.

—Pero, ¿dónde está? —interrumpió el señor Marvel.

—¡Aquí! A seis yardas, en frente de usted.

—¡Vamos, hombre, que no estoy ciego! Y ahora me dirá que no es más que un poco de aire. ¿Cree que soy tonto?

—Pues es lo que soy, un poco de aire. Usted puede ver a través de mí.

—¿Qué? ¿No tiene cuerpo? *Vox et...* ¿solo un chapurreo, no es eso?

—No. Soy un ser humano, de materia sólida, que necesita comer y beber, que también necesita abrigarse... Pero soy invisible, ¿lo ve? Invisible. Es una idea muy sencilla. Soy invisible.

—Entonces, ¿es usted un hombre de verdad?

—Sí, de verdad.

—Entonces deme la mano —dijo el señor Marvel—. Si es de verdad, no le debe resultar extraño. Así que... ¡Dios mío! —dijo—. ¡Me ha hecho dar un salto al agarrarme!

Sintió que la mano le agarraba la muñeca con todos sus dedos y, con timidez, siguió tocando el brazo, el pecho musculoso y una barba. La cara de Marvel expresó su estupefacción.

—¡Es increíble! —dijo Marvel—. Esto es mejor que una pelea de gallos. ¡Es extraordinario! ¡Y, a través de usted, puedo ver un conejo con toda claridad a una milla de distancia! Es invisible del todo, excepto...

Y miró atentamente el espacio que parecía vacío.

—¿No habrá comido pan con queso, verdad? —le preguntó, agarrando el brazo invisible.

—Está usted en lo cierto. Es que mi cuerpo todavía no lo ha digerido.

—Ya —dijo el señor Marvel—. Entonces, ¿es usted una especie de fantasma?

—No, desde luego, no es tan maravilloso como cree.

—Para mi modesta persona, es lo suficientemente maravilloso —respondió el señor Marvel—. ¿Cómo puede arreglárselas? ¿Cómo lo hace?

—Es una historia demasiado larga y además...

—Le digo de verdad que estoy muy impresionado —le interrumpió el señor Marvel.

—En estos momentos, quiero decirle que necesito ayuda. Por eso he venido. Tropecé con usted por casualidad cuando vagaba por ahí, loco de rabia, desnudo, impotente. Podría haber llegado incluso al asesinato, pero lo vi a usted y...

—¡Santo cielo! —dijo el señor Marvel.

—Me acerqué por detrás, luego dudé un poco y, por fin...

La expresión del señor Marvel era bastante elocuente.

—Después me paré y pensé: «Este es». La sociedad también lo ha rechazado. Este es mi hombre. Me volví y...

—¡Santo cielo! —repitió el señor Marvel—. Me voy a desmayar. ¿Podría preguntarle cómo lo hace, o qué tipo de ayuda quiere de mí? ¡Invisible!

—Quiero que me consiga ropa, y un sitio donde cobijarme, y, después, algunas otras cosas. He estado sin ellas demasiado tiempo. Si no quiere, me conformaré, pero ¡tiene que querer!

—Míreme, señor —le dijo el señor Marvel—. Estoy completamente pasmado. No me maree más y déjeme que me vaya. Tengo que tranquilizarme un poco. Casi me ha roto el dedo del pie. Nada tiene sentido. No hay nada en la pradera. El cielo no alberga a nadie. No hay nada que ver en varias millas, excepto la naturaleza. Y, de pronto, como surgida del cielo, ¡llega hasta mí una voz! ¡Y luego piedras! Y hasta un puñetazo. ¡Santo Dios!

—Mantenga la calma —dijo la voz—, pues tiene que ayudarme.

El señor Marvel resopló, y sus ojos se abrieron como platos.

—Lo he elegido a usted —continuó la voz—. Es usted el único hombre, junto con otros del pueblo, que ha visto a un hombre invisible. Tiene que ayudarme. Si me ayuda, le recompensaré. Un hombre invisible es un hombre muy poderoso —y se paró durante un segundo para estornudar con fuerza—. Pero, si me traiciona, si no hace las cosas como le digo...

Entonces paró de hablar y tocó al señor Marvel ligeramente en el hombro. Este dio un grito de terror, al notar el contacto.

—Yo no quiero traicionarle —dijo el señor Marvel, apartándose de donde estaban aquellos dedos—. No vaya a pensar eso. Yo quiero ayudarle. Dígame, simplemente, lo que tengo que hacer. Haré todo lo que usted quiera que haga.

X

El señor Thomas Marvel llega a Iping

Cuando pasó el pánico colectivo, la gente del pueblo empezó a sacar conclusiones. Apareció el escepticismo, un escepticismo nervioso y no muy convencido, pero al fin y al cabo escepticismo. Es mucho más fácil no creer en hombres invisibles; y los que realmente lo habían visto, o los que habían sentido la fuerza de su brazo, podían contarse con los dedos de las dos manos. Entre los testigos, el señor Wadgers, por ejemplo, se había refugiado tras los cerrojos de su casa, y Jaffers, todavía aturdido, estaba tumbado en el salón del Coach and Horses. En general, los grandes acontecimientos, así como los extraños, que superan la experiencia humana, con frecuencia afectan menos a los hombres y mujeres que detalles mucho más pequeños de la vida cotidiana. Iping estaba alegre, lleno de banderines, y todo el mundo se había vestido de gala. Todos estaban esperando ansiosos, desde hacía más de un mes, que llegara el día de Pentecostés. Por la tarde, incluso los que creían en lo sobrenatural estaban empezando a disfrutar, al suponer que aquel hombre ya se había ido, y los escépticos se mofaban de su existencia. Todos, tanto los que creían como los que no, se mostraban amables ese día.

El jardín de Haysman estaba adornado con una lona, debajo de la cual el señor Bunting y otras señoras preparaban el té; y mientras tanto, los niños de la Escuela Dominical, que no tenían colegio, hacían carreras y jugaban bajo la vigilancia del párroco y de las señoras Cuss y Sackbut. Sin duda, cierta incomodidad flotaba en el ambiente, pero la mayoría tenía el suficiente sentido común para ocultar las preocupaciones sobre lo ocurrido aquella mañana. En la pradera del pueblo se había colocado una cuerda ligeramente inclinada por la cual, mediante una polea, uno podía lanzarse con mucha rapidez contra un saco puesto en el otro extremo, y que tuvo mucha aceptación entre los jóvenes. También había columpios y tenderetes en los que se vendían cocos. La gente paseaba y, al lado de los columpios, se sentía un fuerte olor a aceite, y un organillo llenaba el aire con una música bastante alta. Los miembros del Club, que habían ido a la iglesia por la mañana, iban muy elegantes con sus bandas de color rosa y verde, y algunos, los más alegres, se habían adornado los bombines con cintas de colores. Al viejo Fletcher, cuya concepción de la fiesta era bastante severa, se le podía ver por entre los jazmines que adornaban su ventana o por la puerta abierta (según por donde se mirara), de pie, encima de una tabla colocada entre dos sillas, encalando el techo del vestíbulo de su casa.

A eso de las cuatro de la tarde apareció en el pueblo un extraño personaje que venía de las colinas. Era una persona baja y gorda, que llevaba un sombrero muy usado, y que llegó casi sin respiración. Sus mejillas se hinchaban y deshinchaban alternativamente. Su pecoso rostro expresaba inquietud, y se movía con forzada diligencia. Al llegar, torció en la esquina de la iglesia y fue directamente hacia Coach and Horses. Entre otros, el viejo Fletcher recuerda haberlo visto pasar y, además, se quedó tan ensimismado con ese paso agitado, que no advirtió cómo le caían unas cuantas gotas de pintura de la brocha en la manga del traje.

Según el propietario del tenderete de cocos, el extraño personaje parece que iba hablando solo, también el señor Huxter comentó este hecho. Nuestro personaje se paró ante la puerta de Coach and Horses y, de acuerdo con el señor Huxter, parece que dudó bastante antes de entrar. Por fin subió los escalones y el señor Huxter vio cómo giraba a la izquierda y abría la puerta del salón. El señor Huxter oyó unas voces que salían de la habitación y del bar, informándole al personaje de su error.

—Esa habitación es privada —dijo Hall.

El personaje cerró la puerta con torpeza y se dirigió al bar.

Al cabo de unos minutos reapareció, pasándose la mano por los labios con un aire de satisfacción, que, de alguna forma, impresionó al señor Huxter. Se quedó parado un momento y, después, el señor Huxter vio cómo se dirigía furtivamente a la puerta del patio, adonde daban las ventanas del salón. El personaje, después de dudar unos instantes, se apoyó en la puerta, sacó una pipa y se puso a prepararla. Mientras lo hacía, los dedos le temblaban. La encendió con torpeza y, cruzando los brazos, empezó a fumar con una actitud lánguida, comportamiento al que traicionaban sus rápidas miradas al interior del patio.

El señor Huxter seguía la escena por encima de los botes del escaparate de su establecimiento, y la singularidad con la que aquel hombre se comportaba le indujo a mantener su observación.

En ese momento, el forastero se puso de pie y se guardó la pipa en el bolsillo. Acto seguido, desapareció dentro del patio. Enseguida el señor Huxter, imaginando ser testigo de alguna ratería, dio la vuelta al mostrador y salió corriendo a la calle para interceptar al ladrón. Mientras tanto el señor Marvel salía, con el sombrero ladeado, con un bulto envuelto en un mantel azul en una mano y tres libros atados, con los tirantes del vicario, como pudo demostrarse más tarde, en la otra. Al ver a Huxter, dio un respingo, giró a la izquierda y echó a correr.

—¡Al ladrón! —gritó Huxter, y salió corriendo detrás de él.

Las sensaciones del señor Huxter fueron intensas pero breves. Vio cómo el hombre que iba delante de él torcía en la esquina de la iglesia y corría hacia la colina. Vio las banderas y la fiesta y las caras que se volvían para mirarlo.

—¡Al ladrón! —gritó de nuevo, pero, apenas había dado diez pasos, lo agarraron por una pierna de forma misteriosa y cayó de bruces al suelo. Le pareció que el mundo se convertía en millones de puntitos de luz y ya no le interesó lo que ocurrió después.

El señor Huxter seguía la escena por encima de los botes del escaparate de su establecimiento, y la singularidad con la que aquel hombre se comportaba le indujo a mantener su observación.

XI

En el "Coach and Horses"

Para comprender lo que ocurrió en la posada, hay que volver al momento en el que el señor Huxter vio por vez primera a Marvel por el escaparate de su establecimiento.

En ese momento se encontraban en el salón el señor Cuss y el señor Bunting. Hablaban con seriedad sobre los extraordinarios acontecimientos que habían tenido lugar aquella mañana y estaban, con el permiso del señor Hall, examinando las pertenencias del hombre invisible. Jaffers se había recuperado, en parte, de su caída, y se había ido a casa por disposición de sus amigos. La señora Hall había recogido las ropas del forastero y había ordenado el cuarto. Y, sobre la mesa que había bajo la ventana, donde el forastero solía trabajar, Cuss había encontrado tres libros manuscritos en los que se leía "Diario".

—¡Un diario! —dijo Cuss, colocando los tres libros sobre la mesa—. Ahora nos enteraremos de lo ocurrido.

El vicario, que estaba de pie, se apoyó con las dos manos en la mesa.

—Un diario —repetía Cuss mientras se sentaba, colocaba dos volúmenes en la mesa y sostenía el tercero. Lo abrió—. ¡Humm! No hay ni un nombre en la portada. ¡Qué fastidio! Solo hay códigos y símbolos.

El vicario se acercó, mirando por encima del hombro.

Cuss empezó a pasar páginas, sufriendo un repentino desengaño.

—Estoy... ¡No! ¡No puede ser! Todo está escrito en clave, Bunting.

—¿No hay ningún diagrama? —preguntó Bunting—, ¿ningún dibujo que nos pueda ayudar algo?

—Míralo tú mismo —dijo el señor Cuss—. Parte de lo que hay son números, y parte está escrito en ruso o en otra lengua parecida (a juzgar por el tipo de letra), y, el resto, en griego. A propósito, usted sabía griego...

—Claro —dijo el señor Bunting, sacando las gafas y limpiándolas a la vez que se sentía un poco incómodo (no se acordaba ni de una palabra en griego)—. Sí, claro, el griego puede darnos alguna pista.

—Le buscaré un lugar...

—Prefiero echar un vistazo antes a los otros volúmenes —dijo el señor Bunting, limpiando las gafas—. Primero hay que tener una impresión general, Cuss. Después ya buscaremos las pistas.

Bunting tosió, se puso las gafas, se las ajustó meticulosamente, tosió de nuevo y, después, deseó que ocurriera algo que evitara la terrible humillación. Cuando cogió el volumen que Cuss le tendía, lo hizo con parsimonia y, acto seguido, ocurrió algo.

Se abrió la puerta de repente.

Los dos hombres dieron un salto, miraron a su alrededor y se tranquilizaron al ver una cara sonrosada debajo de un sombrero de seda adornado con pieles.

—Una cerveza —pidió aquella cara, y se quedó mirando.

—No es aquí —dijeron los dos hombres al unísono.

—Es por el otro lado, señor —dijo el señor Bunting.

—Y, por favor, cierre la puerta —dijo el señor Cuss, irritado.

—De acuerdo —contestó el intruso con una voz mucho

—Míralo tú mismo —dijo el señor Cuss—. Parte de lo que hay son números, y parte está escrito en ruso o en otra lengua parecida (a juzgar por el tipo de letra), y, el resto, en griego. A propósito, usted sabía griego...

más baja y distinta, al parecer, de la voz ronca con la que había pedido antes—. Tienen razón —volvió a decir el intruso, con la misma voz que al principio—, pero, ¡manténganse a distancia! —y desapareció, cerrando la puerta.

—Yo diría que se trata de un marinero —dijo el señor Bunting—. Son tipos muy curiosos. ¡Manténganse a distancia! Imagino que será algún término especial para indicar que se marcha de la habitación.

—Supongo que debe ser eso —dijo Cuss—. Hoy tengo los nervios deshechos. Vaya susto que me he llevado, cuando se abrió la puerta.

El señor Bunting sonrió como si él no se hubiese asustado.

—Y ahora —dijo con un suspiro— volvamos a esos libros.

Alguien respiró mientras lo hacía.

—Una cosa es indiscutible —dijo Bunting mientras acercaba una silla a la de Cuss—. En Iping han ocurrido cosas muy extrañas estos últimos días, muy extrañas. Y, por supuesto, no creo en esa absurda historia de la invisibilidad.

—Es increíble —dijo Cuss—. Increíble, pero el hecho es que yo lo he visto. Realmente vi el interior de su manga.

—Pero ¿está seguro de lo que ha visto? Suponga que fue el reflejo de un espejo. Con frecuencia se producen alucinaciones. No sé si ha visto alguna vez actuar a un buen prestidigitador...

—No quiero volver a discutir sobre eso —dijo Cuss—. Hemos descartado ya esa posibilidad, Bunting. Ahora, estábamos con estos libros, ¡Ah, aquí está lo que supuse que era griego! Sin duda, las letras son griegas.

Y señaló el centro de una página. El señor Bunting se

sonrojó un poco y acercó la cara al libro, como si no pudiera ver bien con las gafas. De repente notó una sensación muy extraña en el cogote. Intentó levantar la cabeza, pero encontró una fuerte resistencia. Notó una presión, como de una mano pesada y firme, que lo empujaba hasta dar con la barbilla en la mesa.

—No se muevan, hombrecillos —susurró una voz—, o les salto los sesos.

Bunting miró la cara de Cuss, ahora muy cerca de la suya, y los dos vieron el horrible reflejo de su perplejidad.

—Siento tener que tratarlos así —continuó la voz—, pero no me queda otro remedio. ¿Desde cuándo se dedican a fisgonear en los papeles privados de un investigador? —dijo la voz, y, las dos barbillas golpearon contra la mesa. Los dientes de ambos rechinaron—. ¿Desde cuándo se dedican a invadir las habitaciones de un hombre desgraciado? —y se repitieron los golpes—. ¿Dónde se han llevado mi ropa?

—Escuchen —dijo la voz— las ventanas están cerradas y he quitado la llave de la cerradura. Soy un hombre bastante fuerte y tengo el atizador a la mano; además, soy invisible. No cabe la menor duda de que podría matarlos a los dos y escapar con facilidad, si quisiera. ¿Están de acuerdo? Muy bien. Si les dejo marchar, ¿prometen no intentar ninguna tontería y hacer lo que les diga?

El vicario y el doctor se miraron. El doctor hizo una mueca.

—Sí —dijo el señor Bunting, y el doctor lo imitó. Entonces cesó la presión sobre sus cuellos y los dos se incorporaron, con las caras coloradas y moviendo las cabezas.

—Por favor, quédense sentados donde están —dijo el hombre invisible—. Acuérdense que tengo el atizador.

—Cuando entré en esta habitación —continuó diciendo el hombre invisible, después de tocar la punta de la nariz de cada uno de los intrusos con el atizador—, no esperaba hallarla ocupada y, además, esperaba encontrar, aparte de mis libros y papeles, toda mi ropa. ¿Dónde está? No, no se levanten. Puedo ver que se la han llevado. Y, ahora, volviendo a nuestro asunto, aunque los días son bastante cálidos, incluso para un hombre invisible que se pasea por ahí, estando desnudo, las noches son frescas. Quiero mi ropa y varias otras cosas, y también quiero esos tres libros.

XII

EL HOMBRE INVISIBLE PIERDE LA PACIENCIA

Es inevitable que la narración se interrumpa en este momento de nuevo, debido a un lamentable motivo que veremos más adelante. Mientras todo lo descrito ocurría en el salón y mientras el señor Huxter observaba cómo el señor Marvel fumaba su pipa apoyado en la puerta del patio, a poca distancia de allí, el señor Hall y Teddy Henfrey comentaban intrigados lo que se había convertido en el único tema de Iping.

De repente, se oyó un golpe en la puerta del salón, un grito y, luego, un silencio total.

—¡Diga! —dijo Teddy Henfrey.

—¡Diga! —se oyó en el bar.

El señor Hall tardaba en entender las cosas, pero ahora se daba cuenta de que allí pasaba algo.

—Ahí dentro algo va mal —dijo, y salió de detrás de la barra para dirigirse a la puerta del salón.

Él y Teddy se acercaron a la puerta, con miradas inquisidoras.

—Ahí dentro algo va mal —repitió Hall. Y Henfrey asintió con la cabeza. Empezaron a notar un desagradable olor a productos químicos, y se oía una conversación muy rápida y apagada.

—¿Están ustedes bien? —preguntó Hall, llamando a la puerta.

La conversación cesó repentinamente; hubo unos minutos de silencio y después siguió la conversación con susurros muy débiles. Luego, se oyó un grito agudo: «¡No, no lo haga!». Acto seguido se oyó el ruido de una silla que cayó al suelo. Parecía que estuviese teniendo lugar una pequeña lucha. Después, de nuevo el silencio.

—¿Qué está ocurriendo ahí? —exclamó Henfrey en voz baja.

—¿Están bien? —volvió a preguntar el señor Hall. Se oyó entonces la voz del vicario con un tono bastante extraño:

—Estamos bi-bien. Por favor, no interrumpan.

—¡Qué raro! —dijo el señor Henfrey.

—Sí, es muy raro —dijo el señor Hall.

—Ha dicho que no interrumpiéramos —dijo el señor Henfrey.

—Sí, yo también lo he oído —añadió Hall.

—Y he oído un estornudo —dijo Henfrey.

Se quedaron escuchando la conversación, que siguió en voz muy baja y con bastante rapidez.

—No puedo —decía el señor Bunting, alzando la voz—. Le digo que no puedo hacer eso, señor.

—¿Qué ha dicho? —preguntó Henfrey.

—Dice que no piensa hacerlo —respondió Hall—. ¿Crees que nos está hablando a nosotros?

—¡Es una vergüenza! —gritó el señor Bunting desde dentro.

—"¡Es una vergüenza!" —dijo el señor Henfrey—. Es lo que ha dicho, acabo de oírlo claramente.

—¿Quién está hablando? —preguntó Henfrey.

—Supongo que el señor Cuss —dijo Hall—. ¿Puedes oír algo?

Silencio. No se podía distinguir nada por los ruidos de dentro.

—Parece que estuvieran quitando el mantel —dijo Hall.

La señora Hall apareció en ese momento. Hall le hizo gestos para que se callara. La señora Hall se opuso.

—¿Por qué estás escuchando ahí, a la puerta, Hall? —le preguntó—. ¿No tienes nada mejor que hacer, y más en un día de tanto trabajo?

Hall intentaba hacerle todo tipo de gestos para que se callara, pero la señora Hall no se daba por aludida. Alzó la voz de manera que Hall y Henfrey, más bien cabizbajos, volvieron a la barra de puntillas, gesticulando en un intento de explicación.

En principio, la señora Hall no quería creer nada de lo que los dos hombres habían oído. Mandó callar a Hall, mientras Henfrey le contaba toda la historia. La señora Hall pensaba que todo aquello no eran más que tonterías, quizá solo estaban corriendo los muebles.

—Estoy seguro de haberles oído decir "¡es una vergüenza!" —dijo Hall.

—Sí, sí; yo también lo oí, señora Hall —dijo Henfrey.

—No puede ser... —comenzó la señora Hall.

—¡Sssh! —dijo Teddy Henfrey—. ¿No han oído la ventana?

—¿Qué ventana? —preguntó la señora Hall.

—La del salón—dijo Henfrey.

Todos se quedaron escuchando atentamente. La señora Hall estaba mirando, sin ver el marco de la puerta de la posada, la calle blanca y ruidosa, y el escaparate del establecimiento de Huxter que estaba en frente, resplandeciente bajo el sol de junio. De repente, Huxter apareció en la puerta, excitado y haciendo gestos con los brazos.

—¡Al ladrón! —decía, y salió corriendo hacia la puerta del patio, por donde desapareció.

Casi a la vez se oyó un gran barullo en el salón y cómo cerraban las ventanas.

Hall, Henfrey y todos los que estaban en el bar de la posada salieron atropelladamente a la calle. Vieron a alguien que daba la vuelta a la esquina hacia la calle que llevaba a las colinas, y al señor Huxter, que daba una complicada cabriola en el aire y terminaba en el suelo de cabeza. La gente, en la calle, estaba boquiabierta y corría detrás de aquellos hombres.

El señor Huxter estaba aturdido. Henfrey se paró para ver qué le pasaba. Hall y los dos campesinos del bar siguieron corriendo hacia la esquina, gritando frases incoherentes, y

Vieron a alguien que daba la vuelta a la esquina hacia la calle que llevaba a las colinas...

vieron cómo el señor Marvel desaparecía, al doblar la esquina de la pared de la iglesia. Parecieron llegar a la conclusión, poco probable, de que era el hombre invisible que se había vuelto visible, y siguieron corriendo tras él. Apenas recorridos unos metros, Hall lanzó un grito de asombro y salió despedido hacia un lado, yendo a dar contra un campesino que cayó con él al suelo. Le habían empujado, como si estuviera jugando un partido de fútbol. El otro campesino se volvió, los miró, y, creyendo que el señor Hall se había caído, siguió con la persecución, pero le pusieron la zancadilla, como le ocurrió a Huxter, y cayó al suelo. Después, cuando el primer campesino intentaba ponerse de pie, volvió a recibir un golpe que habría derribado a un buey.

A la vez que caía al suelo, doblaron la esquina las personas que venían de la pradera del pueblo. El primero en aparecer fue el propietario del tenderete de cocos, un hombre fuerte que llevaba un jersey azul. Se quedó asombrado al ver la calle vacía y los tres cuerpos tirados en el suelo. Pero, en ese momento, algo le ocurrió a una de sus piernas y cayó rodando al suelo, llevándose consigo a su hermano y socio, al que pudo agarrar por un brazo en el último momento. El resto de la gente que venía detrás tropezó con ellos, los pisotearon y cayeron encima.

Cuando Hall, Henfrey y los campesinos salieron corriendo de la posada, la señora Hall, que tenía muchos años de experiencia, se quedó en el bar, pegada a la caja. De repente, se abrió la puerta del salón y apareció el señor Cuss, quien, sin mirarla, echó a correr escaleras abajo hacia la esquina, gritando:

—¡Atrápenlo! ¡No dejen que suelte el paquete!

No sabía nada de la existencia del señor Marvel, a quien el hombre invisible había entregado los libros y el paquete en el patio. En la cara del señor Cuss podía verse dibujado el enfado y la contrariedad, pero su indumentaria era escasa: llevaba una especie de faldón blanco que solo habría quedado bien en Grecia.

—¡Atrápenlo! —chillaba—. ¡Tiene mis pantalones y toda la ropa del vicario!

—¡Me ocuparé de él! —le gritó a Henfrey, mientras pasaba al lado de Huxter, que estaba en el suelo, y doblaba la esquina para unirse a la multitud. En ese momento le dieron un golpe que lo dejó tumbado de forma indecorosa. Alguien, con todo el peso del cuerpo, le estaba pisando los dedos de la mano. Lanzó un grito e intentó ponerse de pie, pero le volvieron a dar un golpe y cayó, encontrándose otra vez a cuatro patas. En ese momento tuvo la impresión de que no estaba envuelto en una persecución sino en una huida. Todo el mundo corría de vuelta hacia el pueblo. El señor Cuss volvió a levantarse y le dieron un golpe detrás de la oreja. Echó a correr y se dirigió al Coach and Horses, pasando por encima de Huxter, que se encontraba sentado en medio de la calle.

En las escaleras de la posada escuchó, detrás de él, cómo alguien lanzaba un grito de rabia que se oyó por encima de los gritos del resto de la gente, y el ruido de una bofetada. Reconoció la voz del hombre invisible. El grito era el de un hombre furioso por un golpe doloroso.

En otro momento el señor Cuss entró corriendo al salón.

—¡Ha vuelto, Bunting! ¡Sálvate! ¡Se ha vuelto loco!

El señor Bunting estaba de pie, al lado de la ventana, in-

En la cara del señor Cuss podía verse dibujado el enfado y la contrariedad, pero su indumentaria era escasa: llevaba una especie de faldón blanco que solo habría quedado bien en Grecia.

tentando taparse con la alfombra de la chimenea y el *West Surrey Gazette.*

—¿Quién ha vuelto? —dijo, sobresaltándose de tal forma, que casi dejó caer la alfombra.

—¡El hombre invisible! —respondió Cuss, mientras corría hacia la ventana—. ¡Marchémonos de aquí cuanto antes! ¡Se ha vuelto loco, completamente loco!

Al instante, ya había salido al patio.

—¡Cielo santo! —dijo el señor Bunting, quien dudaba sobre qué se podía hacer, pero, al oír una tremenda contienda en el pasillo de la posada, se decidió. Se descolgó por la ventana, se ajustó el improvisado traje como pudo, y echó a correr por el pueblo tan rápido como sus piernas, gordas y cortas, se lo permitieron.

Desde el momento en que el hombre invisible lanzó un grito de rabia y de la hazaña memorable del señor Bunting, corriendo por el pueblo, es imposible enumerar todos los acontecimientos que tuvieron lugar en Iping. Quizá la primera intención del hombre invisible fuera cubrir la huida de Marvel con la ropa y con los libros, pero pareció perder la paciencia —nunca había tenido mucha—, cuando recibió un golpe por casualidad y, a raíz de eso, se dedicó a dar tortazos a diestro y siniestro simplemente por hacer daño.

Pueden imaginarse las calles de Iping: llenas de gente que corría de un lado para otro, puertas que se cerraban con violencia y gente que se peleaba por encontrar sitio donde esconderse. Pueden imaginar cómo perdió el equilibrio la tabla entre las dos sillas que sostenía al viejo Fletcher y sus catastróficos resultados. Una pareja aterrorizada se quedó en lo alto de un columpio. Una vez pasado todo, las calles de

El señor Bunting estaba de pie, al lado de la ventana, intentando taparse con la alfombra de la chimenea y el West Surrey Gazette.

Pueden imaginarse las calles de Iping: llenas de gente que corría de un lado para otro, puertas que se cerraban con violencia y gente que se peleaba por encontrar sitio donde esconderse.

Iping se quedaron desiertas, si no tenemos en cuenta la presencia del enfadado hombre invisible, aunque había cocos, lonas y restos de tenderetes esparcidos por el suelo. En el pueblo solo se oía cerrar puertas con llave y correr cerrojos, y, ocasionalmente, se podía ver a alguien que se asomaba tras los cristales de alguna ventana.

El hombre invisible, mientras tanto, se divertía rompiendo todos los cristales de las ventanas del Coach and Horses y lanzando una lámpara de la calle por la ventana del salón de la señora Gribble. Seguramente fue él quien cortó los hilos del telégrafo de Adderdean a la altura de la casa de Higgins, en la carretera de Adderdean. Y, después de todo eso, por sus peculiares facultades, quedó fuera del alcance de la percepción humana, y ya nunca se le volvió a oír, ver o sentir en Iping. Simplemente desapareció.

Pero pasaron más de dos horas antes que un alma se aventurara a salir a las calles desiertas de Iping.

XIII

El señor Marvel presenta su renuncia

En cuanto comenzó a atardecer, e Iping apenas empezaba a volver temerosamente a la normalidad luego del destrozo del día feriado, un hombre bajito, rechoncho, que llevaba un gastado sombrero de seda, caminaba con esfuerzo a través del crepúsculo detrás del bosque de hayas en la carretera de Bramblehurst. Llevaba tres libros atados con una especie de cordón elástico ornamental y un bulto envuelto en un mantel azul. Su cara rubicunda mostraba preocupación y cansancio; parecía tener una prisa espasmódica. Le acompañaba una voz que no era la suya, y, de vez en cuando, se estremecía, empujado por unas manos a las que no veía.

—Si vuelves a intentar escaparte —dijo la voz—, si vuelves a intentar escapar...

—¡Dios santo! —dijo el señor Marvel—. ¡Pero si tengo el hombro completamente destrozado!

—Te doy mi palabra —dijo la voz—. Te mataré.

—No he intentado escaparme —dijo el señor Marvel, casi echándose a llorar—. Le juro que no. No sabía que había una curva. ¡Eso fue todo! ¿Cómo demonios iba a saber que había una curva? Y me habían dado un golpe…

—Y te darán muchos más, si no tienes más cuidado —dijo la voz, y el señor Marvel se calló súbitamente. Dio un resoplido, y sus ojos se veían llenos de desesperación—. Ya he tenido bastante permitiendo a esos torpes palurdos sacar a la luz mi pequeño secreto, como para dejarte escapar con mis libros. ¡Algunos tuvieron la suerte de poder salir corriendo! ¡Nadie sabía que era invisible! ¿Qué voy a hacer ahora?

—¿Y qué voy a hacer yo? —preguntó el señor Marvel en voz baja.

—Es de dominio público. ¡Saldrá en los periódicos! Todos me buscarán, cada uno por su cuenta... —la voz soltó algunas imprecaciones y se calló.

La desesperación del señor Marvel aumentó, y aflojó el paso.

—¡Vamos! —dijo la voz.

La cara del señor Marvel cambió de color, poniéndose gris entre las zonas más rubicundas.

—¡No deje caer los libros, estúpido! —dijo secamente la

voz, adelantándosele—. Y, en realidad, —prosiguió— lo necesito. Usted no es más que un instrumento, pero necesito utilizarlo.

—Soy un vulgar instrumento —dijo el señor Marvel.

—Así es —dijo la voz.

—Pero soy el peor instrumento que se puede tener, pues no soy muy fuerte —dijo después de unos tensos momentos de silencio—. No soy fuerte —repitió.

—¿No?

—No. Y tengo un corazón débil. Todo lo ocurrido pasado está, desde luego, pero, ¡maldita sea! Podría haber muerto.

—¿Y qué?...

—Pues que no tengo ni fuerza ni el ánimo para hacer lo que quiere que haga.

—Yo te animaré.

—Mejor sería que no lo hiciera. No me gustaría echar sus planes a perder, pero puede que sin querer lo haga, de puro miedo.

—Más te vale que no —dijo la voz, con énfasis silencioso

—Desearía morirme —dijo Marvel—. No es justo —añadió más tarde—. Debe admitir... tengo derecho a...

—Venga, date prisa —gritó la voz.

El señor Marvel aceleró el paso y, durante un buen rato, los dos hombres caminaron en silencio.

—Esto se me hace muy duro —comenzó el señor Marvel, pero, al ver que no surtía efecto, intentó una nueva táctica—. Y, ¿qué saco yo de todo esto? —comenzó de nuevo, subiendo el tono.

—¡Cállate de una vez! —dijo la voz con un repentino y asombroso vigor—. Yo me ocuparé de ti. Harás todo lo que te diga, y lo harás bien. Ya sé que eres un loco, pero harás...

—Le repito, señor, no soy el hombre adecuado. Con todos mis respetos, creo que...

—Si no te callas, te volveré a retorcer la muñeca —dijo el hombre invisible—. Tengo que pensar.

En ese momento dos rayos de luz se divisaron entre los árboles, y la torre cuadrada de una iglesia se perfiló en el resplandor.

—Te pondré la mano en el hombro —dijo la voz—, mientras atravesamos el pueblo. Sigue recto y no intentes ninguna locura. Será peor para ti, si intentas algo.

—Ya lo sé —suspiró el señor Marvel—. Claro que lo sé.

La infeliz figura del sombrero de seda atravesó la calle principal de aquel pueblecito con su carga, y desapareció en la oscuridad una vez pasadas las luces de las casas.

XIV
En Port Stowe

Eran las diez de la mañana del día siguiente, y el señor Marvel, sin afeitar y muy sucio por el viaje, estaba sentado en un banco con los libros al lado suyo y las manos en los bolsillos, se veía muy nervioso y agotado, a la puerta de una posada de las afueras de Port Stowe. Los libros estaban a su lado, atados con un cordel. Habían abandonado el bulto en un pinar, cerca de Bramblehurst, de acuerdo con un cambio en los planes del hombre invisible. El señor Marvel estaba sentado en el banco y, aunque nadie le prestaba ninguna atención, estaba tan agitado que metía y sacaba las manos de sus bolsillos, con movimientos nerviosos, constantemente.

Cuando llevaba sentado casi una hora, salió de la posada un viejo marinero con un periódico y se sentó a su lado.

—Hace un día espléndido —le dijo el marinero.

El señor Marvel lo miró con una expresión como de miedo.

—Sí —contestó.

—El clima perfecto para esta época del año —siguió el marinero, sin darse por enterado.

—Ya lo creo —dijo el señor Marvel.

El marinero sacó un palillo de dientes, que lo mantuvo ocupado un rato. Mientras tanto, se dedicó a observar a aquella figura polvorienta y los libros que tenía al lado. Al acercarse al señor Marvel, había oído el tintineo de unas monedas al caer en un bolsillo. Le llamó la atención el contraste entre el aspecto del señor Marvel y esos signos de opulencia. Y, por este motivo, volvió inmediatamente al tema que le rondaba por la cabeza.

—¿Libros? —preguntó, rompiendo el palillo de dientes.

El señor Marvel, moviéndose, los miró.

—Sí, sí —dijo—. Son libros.

—En los libros hay cosas extraordinarias —continuó el marinero.

—Ya lo creo —dijo el señor Marvel.

—Y también hay cosas extraordinarias que no se encuentran en los libros —señaló el marinero.

—También es verdad —dijo el señor Marvel, mirando a su interlocutor de arriba abajo.

—También en los periódicos aparecen cosas extraordinarias, por ejemplo —dijo el marinero.

—Por supuesto.

—Sí, sí —dijo—. Son libros.
—En los libros hay cosas extraordinarias —continuó el marinero.

—En este periódico... —añadió el marinero.

—¡Ah! —dijo el señor Marvel.

—En este periódico se cuenta una historia —continuó el marinero, mirando al señor Marvel—. Se cuenta la historia de un hombre invisible, por ejemplo.

El señor Marvel hizo una mueca con la boca, se rascó la mejilla y notó que se le ponían coloradas las orejas.

—¡Qué barbaridad! —exclamó, intentando no darle importancia—. ¿Y dónde ha sido eso, en Austria o en América?

—En ninguno de los dos sitios —dijo el marinero—. Ha sido aquí.

—¡Dios mío! —dijo el señor Marvel, dando un respingo.

—Cuando digo aquí —prosiguió el marinero para tranquilizar al señor Marvel— no quiero decir en este lugar, sino en los alrededores.

—¡Un hombre invisible! —dijo el señor Marvel—. ¿Y qué ha hecho?

—De todo —añadió el marinero, sin dejar de mirar al señor Marvel—. Todo lo que uno pueda imaginar.

—En cuatro días no he leído ni un periódico —dijo Marvel.

—Dicen que en Iping comenzó todo —continuó el marinero.

—¡Qué me dice! —dijo el señor Marvel.

—Apareció allí, aunque nadie parece saber de dónde venía. Aquí lo dice: «Extraño suceso en Iping». Y dicen en el periódico que han ocurrido cosas fuera de lo común, extraordinarias.

—¡Dios mío! —exclamó el señor Marvel.

—Es una historia increíble. Hay dos testigos, un clérigo y un médico. Ellos pudieron verlo o, a decir verdad, no lo vieron. Dice que estaba hospedado en el Coach and Horses, pero nadie se había enterado de su desgracia hasta que hubo un altercado en la posada, dice, y el personaje se arrancó los vendajes de la cabeza. Entonces pudieron ver que la cabeza era invisible. Intentaron cogerlo, pero, según el periódico, se quitó la ropa y consiguió escaparse tras una desesperada lucha en la que, según se cuenta, hirió gravemente a nuestro mejor policía, el señor Jaffers. Una historia interesante, ¿no cree usted? Con pelos y señales.

—Santo Dios —prorrumpió el señor Marvel, mirando nerviosamente a su alrededor y tratando de contar el dinero que tenía en el bolsillo, ayudándose únicamente del sentido del tacto. En ese momento se le ocurrió una nueva idea—. Parece una historia increíble.

—Desde luego. Incluso yo diría que extraordinaria. Nunca había oído hablar de hombres invisibles, pero se oyen tantas cosas que...

—¿Y eso fue todo lo que hizo? —preguntó el señor Marvel, intentando no darle mucha importancia.

—¿No le parece suficiente? —dijo el marinero.

—¿Y no volvió allí? —preguntó Marvel—. ¿Se escapó y no ocurrió nada más?

—¡Claro! —dijo el marinero—. ¿Por qué? ¿No le parece suficiente?

—Sí, sí, por supuesto —dijo Marvel.

—Yo creo que es más que suficiente —señaló el marinero.

—¿Tenía algún compinche? ¿Dice en el periódico, si tenía algún compinche? —preguntó, ansioso, el señor Marvel.

—¿Uno solo le parece poco? —contestó el marinero—. No, gracias a Dios, no tenía ningún compinche —el marinero movió la cabeza lentamente—. Simplemente con pensar que ese tipo anda por aquí, en el condado, me hace estar intranquilo. Ahora parece que es un prófugo y hay pistas que indican que puede tomar, o ha tomado, la carretera de Port Stowe. ¡Estamos en el meollo! Nada de América, ¡fue aquí! ¡Basta pensar en lo que puede llegar a hacer! ¿Qué haría usted, si le ataca? Suponga que quiere robar... ¿Quién podría impedírselo? Puede ir donde quiera, puede robar, podría traspasar un cordón de policías con tanta facilidad como usted o yo podríamos escapar de un ciego, incluso con más facilidad, ya que, según dicen, los ciegos pueden oír ruidos que generalmente nadie oye. Y, si se trata de tomar una copa...

—Sí, en realidad, tiene muchas ventajas —dijo el señor Marvel.

—Es verdad —asintió el marinero—. Tiene muchas ventajas.

Hasta ese momento el señor Marvel había estado mirando a su alrededor, intentando escuchar el menor ruido o detectando el movimiento más imperceptible. Parecía que iba a tomar una gran decisión. Se puso una mano en la boca y tosió.

Volvió a mirar y a escuchar a su alrededor; se acercó al marinero y le dijo en voz baja:

—El hecho es que... me he enterado de un par de cosas de ese hombre invisible. Las sé de buena tinta.

—¡Oh! —exclamó el marinero, interesado—. ¿Usted sabe...?

—Sí —dijo el señor Marvel—. Yo...

—¿En serio? —exclamó el marinero—. ¿Puedo preguntarle...?

—Se quedará asombrado —dijo el señor Marvel, sin quitarse la mano de la boca—. Es algo increíble.

—¡No me diga! —señaló el marinero.

—El hecho es que... —comenzó el señor Marvel en tono confidencial. De repente le cambió la expresión—. ¡Ay! —exclamó, levantándose de su asiento. En su cara se podía ver reflejado el dolor físico—. ¡Ay! —repitió.

—¿Qué le ocurre? —preguntó el marinero, preocupado.

—Un dolor de muelas —dijo el señor Marvel, mientras se llevaba la mano al oído. Cogió los libros—. Será mejor que me vaya, creo —añadió, levantándose de una manera muy curiosa del banco.

—Pero usted iba a contarme ahora algo sobre ese hombre invisible —protestó el marinero.

Entonces el señor Marvel pareció consultar algo consigo mismo.

—Es un fraude —dijo una voz.

—Es un fraude —dijo el señor Marvel.

—Pero lo dice el periódico —señaló el marinero.

—No deja de ser un fraude —añadió el señor Marvel—. Conozco al tipo que inventó esa mentira. De todas formas, no hay ningún hombre invisible.

—Entonces, ¿el periódico? ¿Quiere hacerme creer que...?

—Ni una palabra —dijo el señor Marvel con tenacidad.

El marinero le miró con el periódico en la mano. El señor Marvel escrutó a su alrededor con insistencia.

—Espere un momento —dijo el marinero, levantándose y hablando muy despacio—. ¿Entonces quiere decir que...?

—Eso quiero decir —señaló el señor Marvel.

—Entonces, ¿por qué me dejó que le contara todas esas

tonterías? ¿Cómo permite que un hombre haga el ridículo así? ¿Quiere explicármelo?

El señor Marvel resopló. El marinero se puso rojo. Apretó los puños.

—He estado hablando diez minutos... —dijo—, y usted, viejo estúpido, no ha tenido la más mínima educación para...

—No se atreva a discutir conmigo —señaló el señor Marvel.

—¿Discutir? Menos mal que...

—Vamos —dijo una voz, y, de repente, hizo dar media vuelta al señor Marvel, y este empezó a alejarse dando saltos.

—Eso, será mejor que se vaya —añadió el marinero.

—¿Quién se va? —dijo el señor Marvel, y se fue alejando mientras daba unos extraños saltos hacia atrás y hacia adelante. Cuando ya llevaba un trecho recorrido, empezó un monólogo de protestas y recriminaciones.

—Imbécil —gritó el marinero, que estaba con las piernas separadas y los brazos en jarras, mirando cómo se alejaba aquella figura—. Ya te enseñaré yo, ¡burro! ¡Burlarse de mí! Está aquí, ¡en el periódico!

El señor Marvel le contestó con alguna incoherencia, hasta que se perdió en una curva de la carretera. El marinero se quedó allí, en medio del camino, hasta que el carro del carnicero lo obligó a apartarse.

«Esta comarca está llena de cretinos —se dijo—. Solo quería confundirme, en eso consistía su juego sucio; pero está en el periódico.»

Y más tarde escucharía otro fenómeno extraño que tuvo lugar no lejos de donde él se encontraba. Parece ser que vie-

Cuando ya llevaba un trecho recorrido, empezó un monólogo de protestas y recriminaciones.

ron el puño de una mano, lleno de monedas —nada más y nada menos— que iba, sin dueño visible, siguiendo el muro que hace esquina con St. Michael Lane. Lo había visto otro marinero aquella mañana. Este marinero intentó atrapar el dinero, pero, cuando se abalanzó, recibió un golpe y, después, al levantarse, el dinero se había desvanecido en el aire. Nuestro marinero estaba dispuesto a creer todo, pero aquello era demasiado.

Sin embargo, después volvió a recapacitar sobre el asunto. La historia del dinero volador era cierta. En todo el vecindario, en el prestigioso Banco de London and Country, en las cajas de las tiendas y de las posadas, que tenían las puertas abiertas por el tiempo soleado que hacía, había desaparecido dinero. El dinero, a puñados, en cilindros de papel, flotaba por la orilla de los muros y por los lugares menos iluminados, desapareciendo de la vista de los hombres. Y había terminado siempre, aunque nadie lo hubiese descubierto, en los bolsillos de ese hombre nervioso del sombrero de seda, que se sentó en la posada de las afueras de Port Stowe.

No fue sino diez días después —y, de hecho solo cuando la historia de Burdock ya era vieja— cuando el marinero recopiló estos hechos y empezó a comprender lo cerca que había estado del maravilloso Hombre Invisible.

XV

El hombre que estaba corriendo

Al anochecer, el doctor Kemp estaba sentado en su estudio, en el mirador de la colina que da a Burdock. Era una habitación pequeña y acogedora. Tenía tres ventanas que daban al norte, al sur y al oeste, y estanterías llenas de libros y publicaciones científicas. Había también una amplia mesa de trabajo y, bajo la ventana que daba al norte, un microscopio, platinas, instrumentos de precisión, algunos cultivos y, esparcidos por todas partes, distintas botellas, que contenían reactivos. La lámpara solar del doctor Kemp estaba encendida, a pesar de que el cielo estaba todavía iluminado por los rayos del crepúsculo. Las persianas estaban levantadas, ya que no había peligro de que nadie se asomara desde el exterior y hubiese que bajarlas. El doctor Kemp era un joven alto y delgado, de cabellos rubios y un bigote casi blanco, y esperaba que el trabajo que estaba realizando le permitiese entrar en la Royal Society, a la que él daba mucha importancia.

En un momento en que estaba distraído de su trabajo, sus ojos se quedaron mirando la puesta de sol detrás de la colina que tenía enfrente. Estuvo sentado así, quizá durante un buen rato, con la pluma en la boca, admirando los colores dorados que surgían de la cima de la colina, hasta que se sintió atraído por la figura de un hombre, completamente negra, que corría por la colina hacia él. Era un hombrecillo bajo, que llevaba un sombrero enorme y que corría tan deprisa que apenas se le distinguían las piernas.

—Debe de ser uno de esos locos —dijo el doctor Kemp—. Como ese torpe que esta mañana al volver la esquina chocó conmigo, y gritaba: «¡El hombre invisible, señor!». No puedo imaginar qué los ha poseído. Parece que estemos en el siglo trece.

Se levantó, se acercó a la ventana y miró a la colina y a la figura negra que subía corriendo.

—Parece tener mucha prisa —dijo el doctor Kemp—, pero no adelanta demasiado. Se diría que lleva plomo en los bolsillos.

Se acercaba al final de la cuesta.

—¡Un poco más de esfuerzo, venga! —dijo el doctor Kemp.

Un instante después, aquella figura se ocultaba tras la casa que se encontraba en lo alto de la colina. El hombrecillo se hizo otra vez visible, y así tres veces más, según pasaba por delante de las tres casas que siguieron a la primera, hasta que una de las terrazas de la colina lo ocultó definitivamente.

—Son todos unos borregos —dijo el doctor Kemp, girando sobre sus talones y volviendo a la mesa de trabajo.

Sin embargo, los que vieron de cerca al fugitivo y percibieron el terror que reflejaba su rostro, empapado de sudor, no compartieron el desdén del doctor. En cuanto al hombrecillo, este seguía corriendo y sonaba como una bolsa repleta de monedas que se balancea de un lado para otro. No miraba ni a la izquierda ni a la derecha, sus ojos dilatados miraban colina abajo, donde las luces se estaban empezando a encender y donde había mucha gente en la calle. Tenía la boca torcida por el agotamiento, los labios llenos de saliva espesa y su respiración se hacía cada vez más ronca y ruidosa. A medida que pasaba, todos se le quedaban mirando, preguntándose, incómodos, cuál podría ser la razón de su huida.

En ese momento, un perro que jugaba en lo alto de la colina lanzó un aullido y corrió a esconderse debajo de una verja. Todos notaron algo, una especie de viento, unos pasos y el sonido de una respiración jadeante que pasaba a su lado.

La gente empezó a gritar y a correr. La noticia se difundió a voces y por instinto en toda la colina. La gente gritaba en la calle antes de que Marvel estuviera a medio camino de la misma. Todos se metieron rápidamente en sus casas y cerraron las puertas tras ellos. Marvel lo estaba oyendo e hizo un último y desesperado esfuerzo. El miedo se le había adelantado y, en un momento, se había apoderado de todo el pueblo.

—¡Que viene el hombre invisible! ¡El hombre invisible!

XVI

En el Jolly Cricketers

El Jolly Cricketers estaba al final de la colina, donde empezaban las líneas del tranvía. El posadero estaba apoyado en el mostrador con sus brazos, enormes y rojos, mientras hablaba de caballos con un cochero anémico. Al mismo tiempo, un hombre de negra barba vestido de gris se estaba comiendo un bocadillo de queso, bebía Burton y conversaba en americano con un policía que estaba fuera de servicio.

—¿Qué son esos gritos? —preguntó el cochero anémico, saliéndose de la conversación e intentando ver lo que ocurría, por encima de la cortina, sucia y amarillenta, de la ventana de la posada. Fuera, alguien pasó corriendo.

—Quizá sea un incendio —dijo el posadero.

Los pasos se aproximaron, corriendo con esfuerzo. En ese momento la puerta de la posada se abrió con violencia, y apareció Marvel, llorando y desaliñado. Había perdido el sombrero y el cuello de su chaqueta estaba medio arrancado.

Entró en la posada y, dando media vuelta, intentó cerrar la puerta, que estaba entreabierta y sujeta por una correa.

—¡Ya viene! —gritó desencajado—. ¡Ya llega! ¡El hombre invisible me persigue! ¡Por amor de Dios! ¡Ayúdenme! ¡Socorro! ¡Socorro!

—Cierren las puertas —dijo el policía—. ¿Quién viene? ¿Por qué corre?

Se dirigió hacia la puerta, quitó la correa y dio un portazo. El americano cerró la otra puerta.

—Déjenme entrar —dijo Marvel, sin dejar de moverse y llorando, sin soltar los libros—. Déjenme entrar y enciérrenme en algún sitio. Me está persiguiendo. Me he escapado de él y dice que me va a matar, y lo hará.

—Tranquilícese, está usted a salvo —le dijo el hombre de la barba negra—. La puerta está cerrada. Tranquilícese y cuéntenos de qué se trata.

—Déjenme entrar —dijo Marvel, quien dio un grito de terror al oír en ese momento un golpe que hizo temblar la puerta; fuera, alguien estaba llamando insistentemente y gritando.

—¿Quién es? —preguntó el policía—. ¿Quién está ahí?

Marvel, entonces, se lanzó contra los paneles, creyendo que eran puertas.

—¡Me matará! Creo que tiene un cuchillo o algo parecido. ¡Por el amor de Dios!

—Por aquí —le dijo el posadero—. Venga por aquí.

Y levantó la tabla del mostrador.

El señor Marvel rápidamente se escondió detrás del mostrador, mientras, fuera, las llamadas no cesaban.

—No abran la puerta —decía el señor Marvel—. Por favor, ¡no abran la puerta! ¿Dónde podría esconderme?

—¿Se trata del hombre invisible? —preguntó el hombre de la barba negra, que tenía una mano a la espalda—. Va siendo hora de que lo veamos.

De pronto, la ventana de la posada se hizo añicos, y la gente iba dando gritos y corriendo de un lado a otro de la calle. El policía, que había permanecido encima de un sillón intentando ver quién llamaba a la puerta, se bajó y, arqueando las cejas, dijo:

—Es cierto.

El posadero, de pie, delante de la puerta de la habitación en donde se había encerrado el señor Marvel, se quedó mirando a la ventana que había cedido; luego se acercó a los otros dos hombres.

Y, de repente, todo se quedó en silencio.

—¡Ojalá tuviera mi porra! —dijo el policía, dirigiéndose a la puerta—. En el momento que abramos se meterá. No hay forma de pararlo.

—¿No cree que tiene demasiada prisa en abrir la puerta? —dijo el cochero.

—¡Corran los cerrojos! —dijo el hombre de la barba negra—. Y si se atreve a entrar... —y enseñó una pistola que llevaba.

—¡Eso no! —dijo el policía—. ¡Sería un asesinato!

—Conozco las leyes de la comarca —dijo el hombre de la barba—. Voy a apuntarle a las piernas. Descorran los cerrojos.

—No, y menos con un revólver a mis espaldas —dijo el posadero, mirando por encima de las cortinas.

—Está bien —dijo el hombre de la barba negra, y, agachándose con el revólver preparado, los descorrió él mismo. El posadero, el cochero y el policía se quedaron mirando.

—¡Vamos, entre! —dijo el hombre de la barba en voz baja, dando un paso atrás y quedándose de pie, de cara a la puerta, con la pistola en la espalda. Pero nadie entró, y la puerta permaneció cerrada. Cinco minutos después, cuando un segundo cochero asomó la cabeza cuidadosamente, estaban todos todavía esperando. En ese momento apareció una cara ansiosa por detrás de la puerta de la trastienda y preguntó:

—¿Están cerradas todas las puertas de la posada? —era Marvel, y continuó—: Seguro que está merodeando alrededor. Es un diablo.

—¡Dios mío! —exclamó el posadero—. ¡La puerta de atrás! ¡Óiganme! ¡Miren todas las puertas! —y miró a su alrededor sin esperanza. Entonces, la puerta de la trastienda se cerró de golpe y oyeron cómo echaban la llave—. ¡También está la puerta del patio y la puerta que da a la casa! En la puerta del patio...

El posadero salió disparado del bar, y un minuto después apareció con un cuchillo de cocina en mano.

—La puerta del patio estaba abierta —dijo con desolación.

—Entonces, puede que ya esté dentro —dijo el primer cochero.

—En la cocina no está —dijo el posadero—. La he registrado palmo a palmo con este juguetito en la mano y, además, hay dos mujeres allí que no creen que haya entrado. Por lo menos, no han notado nada extraño.

—¿Ha atrancado bien la puerta? —preguntó el primer cochero.

—No puedo estar en todo —dijo el posadero.

—¿Están cerradas todas las puertas de la posada? —era Marvel, y continuó—: Seguro que está merodeando alrededor. Es un diablo.

El hombre de la barba guardó la pistola, y no había acabado de hacerlo, cuando alguien bajó la tabla del mostrador y chirrió el cerrojo. Inmediatamente después se rompió el pestillo de la puerta con un tremendo ruido y la puerta de la trastienda se abrió de par en par. Todos oyeron chillar a Marvel como una liebre a la que han atrapado, y atravesaron corriendo el bar para acudir en su ayuda. El hombre de la barba disparó, y el espejo de la trastienda cayó al suelo hecho añicos.

Cuando el posadero entró en la habitación, vio a Marvel que se debatía, hecho un ovillo, contra la puerta que daba al patio y a la cocina. La puerta se abrió mientras el posadero dudaba qué hacer y arrastraron a Marvel hasta la cocina. Se oyó un grito y un ruido de cacerolas chocando unas con otras. Marvel, boca abajo y arrastrándose obstinadamente en dirección contraria, era conducido a la fuerza hacia la puerta de la cocina, y alguien descorrió el cerrojo.

En ese momento el policía, que había estado intentando sobrepasar al posadero, entró en la estancia seguido de uno de los cocheros y, al intentar sujetar la muñeca del hombre invisible, que tenía agarrado por el cuello a Marvel, recibió un golpe en la cara y se tambaleó, cayendo de espaldas. Se abrió la puerta y Marvel hizo un gran esfuerzo para impedir que lo sacaran fuera. Entonces el cochero, agarrando algo, dijo:

—¡Ya lo tengo!

Después, el posadero empezó a arañar al hombre invisible con sus manos coloradas.

—¡Aquí está! —gritó.

El señor Marvel, que se había liberado, se tiró al suelo, e

intentó escabullirse entre las piernas de los hombres que se estaban peleando. La lucha continuaba al lado del quicio de la puerta, y, por primera vez, se pudo escuchar la voz del hombre invisible, que lanzó un grito cuando el policía le dio un pisotón. El hombre invisible siguió gritando, mientras repartía puñetazos a diestra y siniestra, dando vueltas. El cochero también gritó en ese momento y se dobló. Le acababan de dar un puntapié debajo del diafragma. Mientras tanto se abrió la puerta de la cocina que daba a la trastienda y, por ella, escapó el señor Marvel. Después, los hombres que seguían luchando en la cocina se dieron cuenta de que estaban dando golpes al aire.

—¿Dónde se ha ido? —gritó el hombre de la barba—. ¿Se ha escapado?

—Se ha ido por aquí —dijo el policía, saliendo al patio y quedándose allí, parado.

Un trozo de teja le pasó rozando la cabeza y se estrelló contra los platos que había en la mesa.

—¡Ya le enseñaré yo! —gritó el hombre de la barba negra, asomó un cañón de acero por encima del hombro del policía y disparó cinco veces seguidas en dirección al lugar de donde había venido la teja. Mientras disparaba, el hombre de la barba describió un círculo con el brazo, de manera que los disparos llegaron a diferentes puntos del patio.

Acto seguido, se hizo el silencio.

—Cinco balas —dijo el hombre de la barba—. Es lo mejor. Cuatro ases y el comodín. Que alguien me traiga una linterna para buscar el cuerpo.

XVII

El doctor Kemp recibe una visita

El doctor Kemp había continuado escribiendo en su estudio hasta que los disparos le hicieron levantarse de la silla. Se habían oído uno tras otro.

—¡Vaya! —dijo el doctor Kemp, volviéndose a colocar la pluma en la boca y prestando atención—. ¿Quién habrá permitido pistolas en Burdock? ¿Qué estarán haciendo esos idiotas ahora?

Se dirigió a la ventana que daba al sur, la abrió y se asomó. Al hacerlo, vio la hilera de ventanas con luz, las lámparas de gas encendidas y las luces de las casas con sus tejados y patios negros, que componían la ciudad de noche.

—Parece que hay gente en la parte de abajo de la colina —dijo—, en The Cricketers —y se quedó allí, mirando.

Entonces sus ojos se dirigieron mucho más allá, para fijarse en las luces de los barcos y en el resplandor del embarcadero, un pequeño pabellón iluminado, como una gema amarilla. La luna, en cuarto creciente, parecía estar colgada encima de la colina situada en el oeste, y las estrellas, muy claras, tenían un brillo casi tropical.

Pasados cinco minutos, durante los cuales su mente había estado haciendo especulaciones remotas sobre las condiciones sociales en el futuro y había perdido la noción del tiempo, el doctor Kemp, con un suspiro, cerró la ventana y volvió a su escritorio.

Una hora más tarde, llamaron al timbre. Había estado escribiendo con torpeza y con intervalos de abstracción desde que sonaran los disparos. Se sentó a escuchar. Oyó cómo la muchacha contestaba a la llamada y esperó sus pasos en la escalera, pero la muchacha no vino.

—Me pregunto quién podría ser —dijo el doctor Kemp.

Intentó acabar el trabajo, pero no pudo. Se levantó y bajó al descansillo de la escalera, tocó el timbre del servicio y se asomó a la barandilla para llamar a la muchacha en el momento en que esta aparecía en el vestíbulo.

—¿Era una carta? —le preguntó.

—No. Alguien debió llamar y salir corriendo, señor —contestó ella.

«No sé qué me pasa esta noche, estoy intranquilo», se dijo. Volvió al estudio y, esta vez, se dedicó al trabajo con ahínco. Al cabo de un rato estaba absorto por completo en su trabajo. Los únicos ruidos que se oían en toda la habitación eran el tic-tac del reloj y el rascar de la pluma sobre el papel; la única luz era la de una lámpara, que daba en el centro de su mesa de trabajo.

Eran las dos de la madrugada cuando el doctor Kemp terminó su trabajo. Se levantó, bostezó y bajó para irse a dormir. Se había quitado la chaqueta y el chaleco, y sintió que tenía sed. Cogió una vela y bajó al comedor en búsqueda de un whisky con soda.

La profesión del doctor Kemp lo había convertido en un hombre muy observador y, cuando pasó de nuevo por el vestíbulo, de vuelta a su habitación, se dio cuenta de que había una mancha oscura en el linóleo, al lado del felpudo que había a los pies de la escalera. Siguió por las escaleras y, de repente, se le ocurrió pensar qué sería aquella mancha. Aparentemente, algo en su subconsciente se lo estaba preguntando. Sin pensarlo dos veces, dio media vuelta y volvió al vestíbulo con el vaso en la mano, dejó el whisky con soda en el suelo, se arrodilló y tocó la mancha. Sin sorprenderse, se percató de que tenía el tacto y el color de la sangre cuando se está secando.

El doctor Kemp cogió otra vez el vaso y subió a su habitación, mirando alrededor e intentando buscar una explicación a aquella mancha de sangre. Al llegar al descansillo de la escalera, se detuvo muy sorprendido. Había visto algo. El pomo de la puerta de su propia habitación estaba manchado de sangre. Se miró la mano y estaba limpia. Entonces recordó que había abierto la puerta de su habitación cuando bajó del estudio y, por consiguiente, no había tocado el pomo. Entró en la habitación con el rostro bastante sereno, quizá con un poco más de decisión de lo normal. Lo primero que su mirada inquisitiva vio fue la cama. La colcha estaba llena de sangre y habían revuelto las sábanas. No se había dado cuenta antes, porque se había dirigido directamente al tocador. La ropa de la cama estaba hundida como si alguien, recientemente, hubiese estado sentado allí.

Después tuvo la extraña impresión de oír a alguien que decía en voz baja: «¡Cielo santo! ¡Es Kemp!». Pero el doctor Kemp no creía en las voces.

El doctor Kemp se quedó allí, de pie, mirando las sábanas revueltas. ¿Aquello había sido una voz? Miró de nuevo a su alrededor, pero no vio nada raro, excepto la cama desordenada y manchada de sangre. Entonces, oyó claramente que algo se movía en la habitación, cerca del lavabo. Sin embargo, todos los hombres, incluso los más educados, tienen algo de supersticiosos. Lo que generalmente se llama miedo se apoderó entonces del doctor Kemp. Cerró la puerta de la habitación, se dirigió al tocador y dejó allí el vaso. De pronto, sobresaltado, vio, entre él y el tocador, un trozo de venda de hilo, enrollada y manchada de sangre, suspendida en el aire.

Se quedó mirando el fenómeno, sorprendido. Era un vendaje vacío. Un vendaje bien hecho, pero vacío. Cuando iba a aventurarse a tocarlo, algo se lo impidió y una voz le dijo desde muy cerca:

—¡Kemp!

—¿Qué...? —dijo Kemp, con la boca abierta.

—No te pongas nervioso —dijo la voz—. Soy un hombre invisible.

Durante un rato, Kemp no contestó, simplemente miraba el vendaje.

—Un hombre invisible —dijo.

—Soy un hombre invisible —repitió la voz.

La historia que aquella mañana él había ridiculizado volvía ahora a su mente. En ese momento, no parecía estar ni muy asustado ni demasiado asombrado. Kemp se terminó de dar cuenta mucho más tarde.

—Creí que todo era mentira —dijo. En lo único que pensaba era en lo que había dicho aquella mañana—. ¿Lleva usted puesta una venda? —preguntó.

—Sí —dijo el hombre invisible.

—¡Oh! —dijo Kemp, dándose cuenta de la situación—. ¿Qué estoy diciendo? —continuó—. Esto es una tontería. Debe tratarse de algún truco.

Dio un paso atrás y, al extender la mano para tocar el vendaje, se topó con unos dedos invisibles. Retrocedió, al tocarlos, y su cara cambió de color.

—¡Tranquilízate, Kemp, por el amor de Dios! Necesito que me ayudes. Para, por favor.

Le sujetó el brazo con la mano y Kemp la golpeó.

—¡Kemp! —gritó la voz—. ¡Tranquilízate, Kemp! —repitió, sujetándole con más fuerza.

A Kemp le entraron unas ganas frenéticas de liberarse de su opresor. La mano del brazo vendado le agarró el brazo y, de repente, sintió un fuerte empujón, que le tiró encima de la cama. Intentó gritar, pero le metieron una punta de la sábana en la boca. El hombre invisible le tenía inmovilizado con todas sus fuerzas, pero Kemp tenía los brazos libres e intentaba golpear con todas sus fuerzas.

—¿Podrías comportarte razonablemente? —le dijo el hombre invisible, sin soltarle, a pesar del puñetazo que recibió en las costillas—. ¡Déjalo ya, por Dios, o acabarás haciéndome enfurecer!… ¡Quédate quieto, tonto! —gritó el hombre invisible al oído de Kemp.

Kemp siguió debatiéndose un instante hasta que, finalmente, se estuvo quieto.

—Si gritas, te romperé la cara —dijo el hombre invisible, destapándole la boca—. Soy un hombre invisible. No es ninguna locura ni tampoco es cosa de magia. Soy realmente un hombre invisible. Necesito que me ayudes. No me gustaría hacerte daño, pero, si sigues comportándote como un campesino desquiciado, no me quedará más remedio. ¿No me recuerdas, Kemp? Soy Griffin, del colegio universitario.

—Deja que me levante —le pidió Kemp—. No intentaré hacerte nada. Deja que me tranquilice.

Kemp se sentó y se llevó la mano al cuello.

—Soy Griffin, del colegio universitario. Me he vuelto invisible. Solo soy un hombre como otro cualquiera, un hombre al que tú has conocido, que se ha vuelto invisible.

—¿Griffin? —preguntó Kemp.

—Sí, Griffin —contestó la voz—. Un estudiante más joven que tú, casi albino, de uno ochenta de estatura, bastante fuerte, con la cara rosácea y los ojos rojizos... Soy aquel que ganó la medalla en química.

—Estoy aturdido —dijo Kemp—. Me estoy haciendo un lío. ¿Qué tiene que ver todo esto con Griffin?

—¡Yo soy Griffin!

—¡Es horrible! —dijo Kemp, y añadió—: Pero, ¿qué demonios hay que hacer para que un hombre se vuelva invisible?

—No hay que hacer nada, es un proceso lógico y fácil de comprender.

—¡Pero es horrible! —dijo Kemp—. ¿Cómo...?

—¡Ya sé que es horrible! Pero ahora estoy herido, tengo muchos dolores y estoy cansado. ¡Por el amor de Dios, Kemp! Tú eres un hombre bueno. Tómatelo con calma. Dame algo de comer y de beber y déjame que me siente aquí.

Kemp miraba cómo se movía el vendaje por la habitación y después vio cómo arrastraba una silla hasta la cama. La silla crujió y, por lo menos, una cuarta parte del asiento se hundió. Kemp se restregó los ojos y se volvió a llevar la mano al cuello.

—Esto acaba con los fantasmas —dijo, y se rio estúpidamente.

—Así está mejor. Gracias a Dios, te vas haciendo a la idea.

—O me estoy volviendo loco —dijo Kemp, frotándose los ojos con los nudillos.

—¿Puedo beber un poco de whisky? Me muero de sed.

—Pues a mí no me da esa impresión. ¿Dónde estás? Si me levanto, podría chocar contigo. ¡Ya está! Muy bien. ¿Un poco de whisky? Aquí tienes. ¿Y, ahora, cómo te lo doy?

La silla crujió y Kemp sintió que le quitaban el vaso de la mano. Él soltó el vaso haciendo un esfuerzo, pues su instinto lo empujaba a no hacerlo. El vaso se quedó en el aire a unos centímetros por encima de la silla. Kemp se le quedó mirando con infinita perplejidad.

—Esto es... esto tiene que ser hipnotismo. Me has debido hacer creer que eres invisible.

—No digas tonterías —dijo la voz.

—Es una locura.

—Escúchame un momento.

—Yo —comenzó Kemp— demostré esta mañana que la invisibilidad...

—¡No te preocupes por lo que demostraste! Estoy muerto de hambre —dijo la voz—, y la noche está fría para un hombre que no lleva nada encima.

—¿Quieres algo de comer? —preguntó Kemp.

El vaso de whisky se inclinó.

—Sí —dijo el hombre invisible bebiendo un poco—. ¿Tienes una bata?

Kemp comentó algo en voz baja. Se dirigió al armario y sacó una bata de color rojo oscuro.

—¿Te vale esto? —preguntó, y se lo arrebataron. La prenda permaneció un momento como colgada en el aire, luego se aireó misteriosamente, se abotonó y se sentó en la silla.

—Algo de ropa interior, calcetines y unas zapatillas me

vendrían muy bien —dijo el hombre invisible bruscamente—. Ah, y comida también.

—Lo que quieras, pero ¡es la situación más absurda que me ha ocurrido en mi vida!

Kemp abrió unos cajones para sacar las cosas que le habían pedido y después bajó a registrar la despensa. Volvió con unas chuletas frías y un poco de pan. Lo colocó en una mesa y lo puso ante su invitado.

—No te preocupes por los cubiertos —dijo el visitante, mientras una chuleta se quedó en el aire, y se oía masticar.

—¡Invisible! —dijo Kemp, y se sentó en una silla.

—Siempre me gusta ponerme algo encima antes de comer —dijo el hombre invisible con la boca llena, comiendo con avidez—. ¡Es una manía!

—Imagino que lo de la muñeca no es nada serio —dijo Kemp.

—Confía en mi —dijo el hombre invisible.

—Todo esto es tan raro y extraordinario...

—Cierto. Pero es más raro que me colara en tu casa para buscar una venda. Ha sido mi primer golpe de suerte. En cualquier caso, pienso quedarme a dormir esta noche. ¡Tendrás que soportarme! Es una molestia toda esa sangre por ahí, ¿no crees? Pero me he dado cuenta de que se hace visible cuando se coagula. Es solo el tejido vivo lo que he cambiado, mientras yo viva… Llevo en la casa tres horas.

—Pero, ¿cómo ha ocurrido? —empezó Kemp con tono desesperado—. ¡Estoy confundido! Todo este asunto es irracional de principio a fin.

—Pues es bastante razonable —dijo el hombre invisible—. Perfectamente razonable.

El hombre invisible alcanzó la botella de whisky. Kemp miró cómo la bata se la bebía. Un rayo de luz entraba por un roto que había en el hombro derecho, y formaba un triángulo de luz con las costillas de su costado izquierdo.

—Y ¿qué eran esos disparos? —preguntó—. ¿Cómo empezó todo?

—Empezó porque un tipo, completamente loco, una especie de cómplice mío, ¡maldita sea!, intentó robarme mi dinero. Y es lo que ha hecho.

—¿Es también invisible?

—No.

—¿Y entonces?

—¿Podría comer algo más antes de contártelo todo? Estoy hambriento y me duele todo el cuerpo, y ¡encima quieres que te cuente mi historia!

Kemp se levantó.

—¿Fuiste tú el que disparó? —preguntó.

—No, no fui yo —dijo el visitante—. Un loco al que nunca había visto empezó a disparar al azar. Muchos tenían miedo, y todos me temían. ¡Malditos! ¿Podrías traerme algo más de comer, Kemp?

—Voy a bajar a ver si encuentro algo más de comer —dijo Kemp—. Pero me temo que no haya mucho.

Después de comer, y comió muchísimo, el hombre invisible pidió un puro. Antes de que Kemp encontrara un cuchillo, el hombre invisible había mordido el extremo del puro de manera salvaje, y lanzó una maldición al desprenderse, por el mordisco, la capa exterior del puro. Era extraño verlo fumar; la boca, la garganta, la faringe, los orificios de la nariz se hacían visibles con el humo.

—¡Fumar es un placer! —decía mientras chupaba el puro—. ¡Qué suerte he tenido cayendo en tu casa, Kemp! Tienes que ayudarme. ¡Qué coincidencia haber dado contigo! Estoy en un apuro. Creo que me he vuelto loco. ¡Si supieras en todo lo que he estado pensando! Pero todavía podemos hacer cosas juntos. Déjame que te cuente...

El hombre invisible se echó un poco más de whisky con soda. Kemp se levantó, echó un vistazo alrededor y trajo un vaso para él de la habitación contigua.

—Todo es una locura, pero imagino que también me puedo tomar un trago contigo.

—No has cambiado mucho en estos doce años, Kemp. ¡Nada! Sigues tan frío y metódico... Como te decía, ¡tenemos que trabajar juntos!

—Pero, ¿cómo ocurrió todo? —insistió Kemp—. ¿Cómo te volviste invisible?

—Por el amor de Dios, déjame fumar en paz un rato. Después te lo contaré todo.

Pero no se lo contó aquella noche. La muñeca del hombre invisible iba de mal en peor. Le subió la fiebre, estaba exhausto. En ese momento volvió a recordar la persecución por la colina y la pelea en la posada. A ratos hablaba de Marvel, luego se puso a fumar mucho más deprisa y en su voz se empezó a notar el enfado. Kemp intentó reunir los hechos de la historia como pudo.

—Tenía miedo de mí, yo notaba que me temía —repetía una y otra vez el hombre invisible—. Quería librarse de mí, siempre le rondaba esa idea. ¡Qué tonto he sido!

—¡Qué canalla!

—Debí haberlo matado.

—¿De dónde sacaste el dinero? —interrumpió Kemp.

El hombre invisible guardó silencio antes de contestar.

—No te lo puedo contar esta noche —le dijo.

De repente se oyó un gemido. El hombre invisible se inclinó hacia adelante, agarrándose con manos invisibles su cabeza invisible.

—Kemp —dijo—, hace casi tres días que no duermo, quitando un par de cabezadas de una hora más o menos. Necesito dormir.

—Está bien, quédate en mi habitación, en esta habitación.

—Pero, ¿cómo voy a dormir? Si me duermo, se escapará. Aunque, ¡qué más da!

—¿Es grave esa herida? —preguntó Kemp.

—No, no es nada, solo un rasguño y sangre. ¡Oh, Dios! ¡Necesito dormir!

—¿Y por qué no lo haces?

El hombre invisible pareció quedarse mirando a Kemp.

—Porque no quiero dejarme atrapar por ningún hombre —dijo lentamente.

Kemp dio un respingo.

—¡Pero qué tonto soy! —dijo el hombre invisible dando un golpe en la mesa—. Te acabo de dar la idea.

XVIII

El hombre invisible duerme

Exhausto y herido como estaba, el hombre invisible se rehusaba a aceptar las promesas de Kemp de que su libertad sería respetada en todo momento. Examinó las dos ventanas de la habitación, subió las persianas y abrió las hojas de las mismas para confirmar, como le había dicho Kemp, que podía escapar por ellas. Fuera, era una noche tranquila y la luna nueva se estaba poniendo en la colina. Después examinó las llaves del dormitorio y las dos puertas del armario para convencerse de la seguridad de su libertad. Y, por fin, quedó satisfecho. Estuvo un rato de pie, al lado de la chimenea, y Kemp oyó como un bostezo.

—Siento mucho —empezó el hombre invisible— no poderte contar todo esta noche, pero estoy agotado. No cabe duda de lo grotesco del caso. ¡Es algo horrible! Pero, créeme, Kemp, es posible. Yo mismo he hecho el descubrimiento. En un principio quise guardar el secreto, pero me he dado cuenta de que no puedo. Necesito tener un socio. Y tú... podemos hacer tantas cosas juntos... Pero mañana. Ahora Kemp, creo que, si no duermo un poco, me moriré.

Kemp, de pie en el centro de la habitación, se quedó mirando toda aquella ropa sin cabeza.

—Imagino que ahora tendré que dejarte —dijo—. Es increíble. Otras tres cosas más como esta, que cambien todo lo que yo creía, y me vuelvo completamente loco. Pero ¡esto es real! ¿Necesitas algo más de mí?

—Solo que me des las buenas noches —le dijo Griffin.

—Buenas noches —dijo Kemp, mientras estrechaba una mano invisible. Después, se dirigió directamente a la puerta y la bata salió corriendo detrás de él.

—Escúchame bien —le dijo la bata—. No intentes poner ninguna traba y no intentes capturarme o, de lo contrario...

Kemp cambió de expresión.

—Siento mucho —empezó el hombre invisible— no poderte contar todo esta noche, pero estoy agotado. No cabe duda de lo grotesco del caso.

—Creo que te he dado mi palabra —dijo.

Kemp cerró la puerta detrás de él con toda suavidad. Nada más hacerlo, echaron la llave. Después, mientras la expresión de asombro todavía podía leerse en el rostro de Kemp, se oyeron unos pasos rápidos, que se dirigieron al armario, y también echó la llave. Kemp se dio una palmada en la frente: «¿Estaré soñando? ¿El mundo se ha vuelto loco o, por el contrario, yo me he vuelto loco?».

Acto seguido se echó a reír y puso una mano en la puerta cerrada: «¡Me han echado de mi dormitorio por algo completamente absurdo!», dijo.

Se acercó a la escalera y miró las puertas cerradas. «¡Es un hecho!», dijo, tocándose con los dedos el cuello dolorido. «Un hecho innegable, pero...». Sacudió la cabeza sin esperanza alguna, se dio la vuelta y bajó las escaleras.

Kemp encendió la lámpara del comedor, sacó un puro y se puso a andar de un lado para otro por la habitación, haciendo gestos. De vez en cuando se ponía a discutir consigo mismo.

«¡Es invisible!», dijo.

«¿Hay algo tan extraño como un animal invisible? En el mar, sí. ¡Hay miles, incluso millones! Todas las larvas, todos los seres microscópicos, las medusas. ¡En el mar hay muchas más cosas invisibles que visibles! Nunca se me había ocurrido. ¡Y también en las charcas! Todos esos pequeños seres que viven en ellas, todas las partículas transparentes, que no tienen color. ¿Pero en el aire? ¡Por supuesto que no!».

«No puede ser».

«Pero... después de todo... ¿Por qué no puede ser?».

«Si un hombre estuviera hecho de vidrio, también sería invisible».

A partir de ese momento, pasó a especulaciones mucho más profundas. Antes de que volviera a decir una palabra, la ceniza de tres puros se había extendido por toda la alfombra. Después, se levantó de su sitio, salió de la habitación y se dirigió a la sala de visitas, donde encendió una lámpara de gas. Era una habitación pequeña, porque el doctor Kemp no recibía visitas y allí era donde tenía todos los periódicos del día. El periódico de la mañana estaba tirado y descuidadamente abierto. Lo cogió, le dio la vuelta y empezó a leer el relato sobre el «Extraño suceso en Iping», que el marinero de Port Stowe le había contado a Marvel. Kemp lo leyó rápidamente.

—¡Envuelto! —dijo Kemp—. ¡Disfrazado! ¡Ocultándose! Nadie parece darse cuenta de su desgracia. ¿A qué diablos está jugando?

Soltó el periódico y sus ojos siguieron buscando otro.

—¡Ah! —dijo y cogió el *St. James Gazette,* que estaba intacto, como cuando llegó—. Ahora nos acercaremos a la verdad —dijo Kemp. Tenía el periódico abierto y a dos columnas. El título era: «Un pueblo entero de Sussex se vuelve loco».

—¡Cielo santo! —dijo Kemp, mientras leía el increíble artículo sobre los acontecimientos que habían tenido lugar en Iping la tarde anterior, que ya hemos descrito en su momento. El artículo del periódico de la mañana se reproducía íntegro en la página siguiente.

Kemp volvió a leerlo. «Bajó corriendo la calle dando golpes a diestra y siniestra. Jaffers quedó sin sentido. El señor Huxter, con un dolor impresionante, todavía no puede describir lo que vio. El vicario completamente humillado. Una mujer enferma por el miedo que pasó. Ventanas rotas. Pero esta historia debe ser una completa invención. Demasiado buena para no publicarla… con un poco de escepticismo».

Soltó el periódico y se quedó mirando adelante, sin ver nada realmente.

—¡Tiene que ser una invención!

Volvió a coger el periódico y lo releyó todo.

—Pero, ¿en ningún momento citan al vagabundo? ¿Por qué demonios iba persiguiendo a un vagabundo?

Después de hacerse estas preguntas, se dejó caer en su sillón de cirujano.

—No solo es invisible —se dijo—, ¡también está loco! ¡Es un homicida!

Cuando aparecieron los primeros rayos de luz, que se mezclaron con la luz de la lámpara de gas y el humo del comedor, Kemp seguía dando vueltas por la habitación, intentando comprender aquello que todavía le parecía increíble.

Estaba demasiado excitado para poder dormir. Por la mañana, los sirvientes, todavía presa del sueño, lo encontraron allí y achacaron su estado a la excesiva dedicación al estudio. Entonces, les dio instrucciones explícitas de que prepararan un desayuno para dos personas y lo llevaran al estudio. Luego les dijo que se quedaran en la planta baja y en el primer piso. Todas estas instrucciones les parecieron raras. Acto seguido, siguió paseándose por la habitación hasta que llegó el periódico de la mañana. En él se comentaba mucho pero se decían muy pocas cosas nuevas del asunto, aparte de la confirmación de los sucesos de la noche anterior y un artículo, muy mal escrito, sobre un suceso extraordinario ocurrido en Port Burdock. Era el resumen que Kemp necesitaba sobre lo ocurrido en el Jolly Cricketers; ahora ya aparecía el nombre de Marvel. «Me obligó a estar a su lado durante veinticuatro horas», testificaba Marvel. Se añadían también algunos hechos de menor importancia en la historia de Iping, destacando el corte de los hilos del telégrafo del pueblo. Pero no había nada que arrojase nueva luz sobre la relación entre el hombre invisible y el vagabundo, ya que el señor Marvel no había dicho nada sobre los tres libros ni sobre el dinero que llevaba encima. La atmósfera de incredulidad se había disipado y muchos periodistas y curiosos se estaban ocupando del tema.

Kemp leyó todo el artículo y envió después a la muchacha a buscar todos los periódicos de la mañana que encontrara. Los devoró todos.

—¡Es invisible! —dijo—. Y está pasando de sentir rabia a convertirse en un maniático. ¡Y la cantidad de cosas que puede hacer y que ha hecho! Y está arriba, tan libre como el aire. ¿Qué podría hacer yo? Por ejemplo, ¿sería faltar a mi palabra si...? ¡No, no puedo!

Se dirigió a un desordenado escritorio que había en una esquina de la habitación y anotó algo. Rompió lo que había empezado a escribir y escribió una nota nueva. Cuando terminó, la leyó y consideró que estaba bien. Después la metió en un sobre y lo dirigió al «Coronel Adye, Port Burdock».

El hombre invisible se despertó mientras Kemp escribía la nota. Se despertó de mal humor, y Kemp, que estaba alerta a cualquier ruido, oyó sus pisadas arriba y cómo estas iban de un lado para otro por toda la habitación. Después oyó cómo se caía al suelo una silla y, más tarde, el lavabo. Kemp, entonces, subió corriendo las escaleras y llamó a la puerta.

XIX
ALGUNOS PRINCIPIOS FUNDAMENTALES

—¿Qué está pasando aquí? —preguntó Kemp, cuando el hombre invisible le abrió la puerta.

—Nada —fue la respuesta.

—Pero, ¡maldita sea! ¿Y esos golpes?

—Un arrebato —dijo el hombre invisible—. Me olvidé de mi brazo y me duele mucho.

—¿Y estás siempre expuesto a que te ocurran esas cosas?

—Sí.

Kemp cruzó la habitación y recogió los cristales de un vaso roto.

—Se ha publicado todo lo que has hecho —dijo Kemp, de pie, con los cristales en la mano—. Todo lo que pasó en Iping y lo de la colina. El mundo ya conoce la existencia del hombre invisible. Pero nadie sabe que estás aquí.

El hombre invisible empezó a maldecir.

—Se ha publicado tu secreto. Imagino que un secreto es lo que había sido hasta ahora. No conozco tus planes, pero, desde luego, estoy ansioso por ayudarte.

El hombre invisible se sentó en la cama.

—Tomaremos el desayuno arriba —dijo Kemp con calma, y quedó encantado al ver cómo su extraño invitado se levantaba de la cama bien dispuesto. Kemp abrió camino por la estrecha escalera que conducía al mirador.

—Antes de que hagamos nada más —le dijo Kemp—, quisiera entender un poco este asunto de tu invisibilidad.

—Antes de que hagamos nada más —le dijo Kemp—, quisiera entender un poco este asunto de tu invisibilidad.

Se había sentado, después de echar un vistazo, nervioso, por la ventana, con la intención de mantener una larga conversación. Pero las dudas sobre la buena marcha de todo aquel asunto volvieron a desvanecerse, cuando se fijó en el sitio donde estaba Griffin: una bata sin manos y sin cabeza, que, con una servilleta que se sostenía milagrosamente en el aire, se limpiaba unos labios invisibles.

—Es bastante simple y creíble —dijo Griffin, dejando a un lado la servilleta y dejando caer la cabeza invisible sobre una mano invisible también.

—Sin duda, sobre todo para ti, pero... —dijo Kemp, riéndose.

—Sí, claro; al principio, me pareció algo maravilloso. Pero ahora... ¡Dios mío! ¡Todavía podemos hacer grandes cosas! Empecé con estas cosas, cuando estuve en Chesilstowe.

—¿Chesilstowe?

—Me fui allí tras dejar Londres. ¿Sabes que dejé medicina para dedicarme a la física, no? Bien, eso fue lo que hice. La luz me fascinaba.

—Ya.

—¡La densidad óptica! Es un tema plagado de enigmas. Un tema cuyas soluciones se te escapan de las manos. Pero, como tenía veintidós años y estaba lleno de entusiasmo, me dije: a esto dedicaré mi vida. Esto vale la pena. Ya sabes lo locos que éramos a los veintidós años.

—Lo éramos entonces y lo somos ahora —dijo Kemp—. ¡Como si saber un poco más fuera una satisfacción para el hombre!

—Me puse a trabajar como un esclavo. No llevaba ni seis meses trabajando y pensando sobre el tema, cuando descubrí algo sobre una de las ramas de mi investigación. ¡Me quedé deslumbrado! Descubrí un principio fundamental sobre pigmentación y refracción, una fórmula, una expresión geométrica que incluía cuatro dimensiones. Los locos, los hombres vulgares, incluso algunos matemáticos vulgares, no saben nada de lo que algunas expresiones generales pueden llegar a significar para un estudiante de física molecular. En los libros, esos que el vagabundo ha escondido, hay escritas maravillas, milagros. Pero esto no era un método, sino una idea que conduciría a un método a través del cual sería posible, sin cambiar ninguna propiedad de la materia, excepto, a veces, los colores, disminuir el índice de refracción de una sustancia, sólida o líquida, hasta que fuese igual al del aire, todo esto en lo que concierne a propósitos prácticos.

—¡Eso es muy raro! —dijo Kemp—. Todavía no lo tengo muy claro. Entiendo que de esa manera se podría echar a perder una piedra preciosa, pero de allí a conseguir la invisibilidad de las personas es un largo trecho.

—Precisamente —dijo Griffin—. Pero, considera que la visibilidad depende de la acción que los cuerpos visibles ejercen sobre la luz. Déjame que te exponga los hechos como si no supieras nada de esto. Así me comprenderás mejor. Sabes que un cuerpo absorbe la luz, o la refleja, o la refracta, o hace las dos cosas al mismo tiempo. Pero, si ese cuerpo ni la refleja, ni la refracta, ni absorbe la luz, no puede ser visible. Imagínate, por ejemplo, una caja roja y opaca; tú la ves roja, porque el color absorbe parte de la luz y refleja todo el resto, toda la parte de la luz que es de color rojo, y eso es lo que tú ves. Si no absorbe ninguna porción de luz, pero la refleja toda, verás entonces una caja blanca brillante. ¡Una caja de plata! Una caja de diamantes no absorbería mucha luz ni tampoco reflejaría demasiado en la superficie general, solo en determinados puntos, donde la superficie fuera favorable, se reflejaría y refractaría, de manera que tú tendrías ante ti una caja llena de reflejos y transparencias brillantes, una especie de esqueleto de la luz. Una caja de cristal no sería tan brillante ni podría verse con tanta nitidez como una caja de diamantes, porque habría menos refracción y menos reflexión. ¿Lo entiendes? Desde algunos puntos determinados tú podrías ver a través de ella con toda claridad. Algunos cristales son más visibles que otros. Una caja de cristal de roca siempre es más brillante que una caja de cristal normal, del que se usa para las ventanas. Una caja de cristal común muy fino sería difícil de ver, si hay poca luz, porque absorbería muy poca luz y, por tanto, no habría apenas refracción o reflexión. Si metes una lámina de cristal común blanco en agua o, lo que es mejor, en un líquido más denso que el agua, desaparece casi por completo, porque no hay apenas refracción o reflexión en la luz que pasa del agua al cristal; a veces, incluso, es nula. Es casi tan imposible de ver como un chorro de gas de carbón o de hidrógeno en el aire. ¡Y, precisamente, por esa misma razón...!

—Claro —dijo Kemp—, eso lo sabe todo el mundo.

—Existe otro hecho que también sabrás. Si se rompe una lámina de cristal y se convierte en polvo, se hace mucho más visible en el aire; se convierte en un polvo blanco opaco. Esto es así, porque, al ser polvo, se multiplican las superficies en las que tiene lugar la refracción y la reflexión. En la lámina de cristal hay solamente dos superficies; sin embargo, en el polvo, la luz se refracta o se refleja en la superficie de cada grano que atraviesa. Pero, si ese polvillo blanco se introduce en el agua, desaparece al instante. El polvo de cristal y el agua tienen, más o menos, el mismo índice de refracción, la luz sufre muy poca refracción o reflexión al pasar de uno a otro elemento. El cristal se hace invisible si lo introduces en un líquido o en algo que tenga, más o menos, el mismo índice de refracción; algo que sea transparente se hace invisible si se lo introduce en un medio que tenga un índice de refracción similar al suyo. Y, si te paras a pensarlo un momento, verías que el polvo de cristal también se puede hacer invisible, si su índice de refracción pudiera hacerse igual al del aire; en ese caso, tampoco habría refracción o reflexión al pasar de un medio a otro.

—Sí, sí, claro —dijo Kemp—, pero ¡un hombre no está hecho de polvo de cristal!

—No —contestó Griffin—, ¡porque es todavía más transparente!

—¡Tonterías!

—¿Y eso lo dice un médico? ¡Qué pronto nos olvidamos de todo! ¿En tan solo diez años has olvidado todo lo que aprendiste sobre física? Piensa en todas las cosas que son transparentes y que no lo parecen. El papel, por ejemplo, está hecho a base de fibras transparentes, y es blanco y opaco por la misma razón que lo es el polvo de cristal. Mételo en aceite, llena los intersticios que hay entre cada partícula con aceite, para que solo haya refracción y reflexión en la superficie, y este se volverá igual de transparente que el cristal. Y no solamente el papel, también la fibra de algodón, la fibra de hilo, la de lana, la de madera y la de los huesos, Kemp, y la de la carne, Kemp, y la del cabello, Kemp, y las de las uñas y los nervios, Kemp, todo lo que constituye el hombre, excepto el color rojo de su sangre y el pigmento oscuro del cabello, está hecho de materia transparente e incolora. Es muy poco lo que permite que nos podamos ver los unos a los otros. En su mayor parte, las fibras de cualquier ser vivo no son más opacas que el agua.

—¡Dios mío! —gritó Kemp—. ¡Claro que sí, desde luego! ¡Y yo esta noche no podía pensar más que en larvas y en medusas!

—¡Estás empezando a comprender! Yo había estado pensando en todo esto un año antes de dejar Londres, hace seis años. Pero no se lo dije a nadie. Tuve que realizar mi trabajo en condiciones pésimas. Oliver, mi profesor de Universidad, era un científico sin escrúpulos, un periodista por instinto, un ladrón de ideas. ¡Siempre estaba fisgoneando! Ya conoces lo vil del mundo de los científicos. Simplemente decidí no publicarlo, para no dejar que compartiera mi honor. Seguí trabajando y cada vez estaba más cerca de conseguir que mi fórmula sobre aquel experimento fuese una realidad. No se lo dije a nadie, porque quería que mis investigaciones causasen un gran efecto una vez que se conocieran, y, de esta forma, hacerme famoso de golpe. Me dediqué al problema de los pigmentos, porque quería llenar algunas lagunas. Y, de repente, por casualidad, hice un descubrimiento en fisiología.

—¿Y?

—El color rojo de la sangre se puede convertir en blanco, es decir, incoloro, ¡sin que esta pierda ninguna de sus funciones!

Kemp, asombrado, lanzó un grito de incredulidad. El hombre invisible se levantó y empezó a dar vueltas por el estudio.

—Haces bien asombrándote. Recuerdo aquella noche. Era muy tarde. Durante el día me molestaba aquella panda de estudiantes imbéciles, y, a veces, me quedaba trabajando hasta el amanecer. La idea se me ocurrió de repente y con toda claridad. Estaba solo, en la paz del laboratorio, y con las luces, que brillaban en silencio. «¡Se puede hacer que un animal, una materia, sea transparente! ¡Puedo hacerlo ser invisible!», me dije, dándome cuenta, rápidamente, de lo que significaba ser un albino y tener esos conocimientos. La idea era muy tentadora. Dejé lo que estaba haciendo y me acerqué a la ventana para mirar las estrellas. «¡Puedo ser invisible!», me repetí a mí mismo. Aquello significaba ir más allá de la magia. Entonces me imaginé, sin ninguna duda, claramente, lo que la invisibilidad podría significar para el hombre: el misterio, el poder, la libertad. En aquel momento, no vi ninguna desventaja. ¡Tan solo había que pensar! Y yo, que no era más que un pobre profesor que enseñaba a unos locos en un colegio de provincias, podría, de pronto, convertirme en... eso. Y ahora te pregunto, Kemp, si tú o cualquiera no se habría lanzado a desarrollar aquella investigación. Trabajé durante tres años y cada dificultad con la que tropezaba traía consigo, como mínimo, otra. ¡Y había tantísimos detalles! Y debo añadir cómo me exasperaba mi profesor, un profesor de provincias, que siempre estaba fisgoneando. «¿Cuándo va a publicar su trabajo?», era su pregunta continua. ¡Y los estudiantes, y los medios tan escasos! Durante tres años trabajé en esas circunstancias... Y después de tres años de trabajar en secreto y con desesperación, comprendí que era imposible terminar mis investigaciones... Imposible.

—¿Por qué? —preguntó Kemp.

—Por el dinero —dijo el hombre invisible, mirando de nuevo por la ventana. De pronto, se volvió—. Robé a mi padre. Pero el dinero no era suyo y se pegó un tiro.

XX

En la casa de Great Portland Street

Durante un momento Kemp se quedó sentado en silencio, mirando a la figura sin cabeza, de espaldas a la ventana. Después, habiéndosele pasado algo por la cabeza, se levantó, agarró al hombre invisible por un brazo y lo apartó de la ventana.

—Estás cansado —le dijo—. Mientras yo sigo sentado, tú no paras de dar vueltas por la habitación. Siéntate en mi sitio.

Entonces se situó entre Griffin y la ventana más cercana.

Griffin se quedó un rato en silencio y, luego, de repente, siguió contando su historia:

—Cuando ocurrió esto, yo ya había dejado mi casa de Chesilstowe. Esto fue el pasado diciembre. Alquilé una habitación en Londres; una habitación muy grande y sin amueblar en una casa de huéspedes, en un barrio pobre cerca de Great Portland Street. Llené la habitación con los aparatos que compré con el dinero de mi padre; mi investigación se iba desarrollando con regularidad, con éxito, incluso acercándose a su fin. Yo me sentía como el hombre que acaba de salir del bosque en el que estaba perdido y que, de repente, se encuentra con que ha ocurrido una tragedia. Fui a enterrar a mi padre. Mi mente se centraba en mis investigaciones, y no moví un solo dedo para salvar su reputación. Recuerdo el funeral, un coche fúnebre barato, una ceremonia muy corta, aquella ladera azotada por el viento y la escarcha y a un viejo compañero suyo, que leyó las oraciones por su alma: un viejo encorvado, vestido de negro, que lloraba.

»Recuerdo mi vuelta a la casa vacía, atravesando lo que antes había sido un pueblo y estaba ahora lleno de construcciones a medio hacer, convertido en una horrible ciudad. Todas las calles desembocaban en campos profanados, con montones de escombros y con una tupida maleza húmeda. Me recuerdo a mí mismo como una figura negra y lúgubre, caminando por la acera brillante y resbaladiza; y aquella extraña sensación de desapego que sentí por la poca respetabilidad y el mercantilismo sórdido de aquel lugar.

»No sentí nada de pena por mi padre. Me pareció que había sido víctima de su propio sentimentalismo alocado. La hipocresía social requería mi presencia en el funeral, pero, en realidad, no era asunto mío.

»Pero, mientras recorría High Street, toda mi vida anterior volvió a mí por un instante, al encontrarme con una chica a la que había conocido diez años antes. Nuestras miradas se cruzaron.

»Algo me obligó a volverme y hablarle. Era una persona bastante ordinaria.

»Aquella visita a esos viejos lugares fue como un sueño. Entonces no me di cuenta de que estaba solo, de que me había alejado del mundo para sumergirme en la desolación. Advertí mi falta de compasión, pero lo achaqué a la estupidez de las cosas, en general. Al volver a mi habitación, volví también a la realidad. Allí estaban todas las cosas que conocía y a las que amaba. Allí estaban mis aparatos y mis experimentos preparados y esperándome. No me quedaba nada más que una dificultad: la planificación de los últimos detalles.

»Tarde o temprano acabaré explicándote todos aquellos complicados procesos, Kemp. No tenemos por qué tocar ese tema ahora. La mayoría de estos, excepto algunas lagunas que ahora recuerdo, están escritos en clave en los libros que ha escondido el vagabundo. Tenemos que atraparlo. Tenemos que recuperar los libros. Pero la fase principal era la de colocar el objeto transparente, cuyo índice de refracción había que rebajar, entre dos centros que radiasen una especie de radiación etérea, algo que te explicaré con mayor profundidad luego. No, no eran vibraciones del tipo Röntgen. No creo que las vibraciones a las que me refiero se hayan descrito nunca, aunque son bastante claras. Necesitaba dos dinamos pequeños, que haría funcionar con un simple motor de gas. Hice mi primer experimento con un trozo de lana blanca. Fue una de las cosas más extrañas que he visto, el parpadeo de aquellos rayos suaves y blancos y después ver cómo se desvanecía su silueta como una columna de humo.

»Apenas podía creer que lo había conseguido. Cogí con la mano aquel vacío y allí me encontré el trozo tan sólido como siempre. Lo sentí extraño y lo tiré al suelo. Pues bien, tuve problemas para volver a encontrarlo.

»Entonces tuve una curiosa experiencia. Oí maullar detrás de mí y, al volverme, vi una gata blanca, flaca y muy sucia, que estaba en el alféizar de la ventana. Entonces se me ocurrió una idea. «Lo tengo todo preparado», me dije, acercándome a la ventana. La abrí y llamé a la gata con mimo. Ella se acercó ronroneando. El pobre animal estaba hambriento, y le di un poco de leche. Toda mi comida la tenía en una alacena en la esquina de la habitación. Después se dedicó a oler por toda la habitación, evidentemente con la idea de establecerse allí. El trozo de lana invisible pareció asustarle un poco. ¡Tenías que haberla visto con el lomo completamente enarcado! La coloqué encima de la almohada de la cama y le di mantequilla para que se lavara».

—¿Y la utilizaste en tu experimento?

—Claro. ¡Pero no creas que es fácil drogar a un gato! El proceso falló.

—¿Falló?

—Sí, falló por una doble causa. Una, por las garras, y, la otra, ese pigmento, ¿cómo se llama?, que está detrás del ojo de un gato. ¿Te acuerdas tú?

—El tapetum.

—Eso es, el tapetum. No pude conseguir que desapareciera. Después de suministrarle una pócima decolorante para la sangre y hacer otros preparativos, le di opio y la coloqué, junto con la almohada sobre la que dormía, en el aparato. Y, después de obtener que el resto del cuerpo desapareciera, no lo conseguí con los ojos.

—¡Qué extraño!

—No puedo explicármelo. La gata estaba, desde luego, vendada y atada; la tenía inmovilizada. Pero se despertó cuando todavía estaba atontada, y empezó a maullar lasti-

—Eso es, el tapetum. No pude conseguir que desapareciera. Después de suministrarle una pócima decolorante para la sangre y hacer otros preparativos...

mosamente. En ese momento alguien se acercó y llamó a la puerta. Era una vieja que vivía en el piso de abajo y que sospechaba que yo hacía vivisecciones; una vieja alcohólica, que lo único que poseía en este mundo era un gato. Cogí un poco de cloroformo y se lo di a oler a la gata; después, abrí la puerta. «¿Ha oído maullar a un gato?», me preguntó, «¿está aquí mi gata?». «No, señora, aquí no está», le respondí con toda amabilidad. Pero ella se quedó con la duda e intentó echar un vistazo por la habitación. Le debió parecer un tanto insólito: las paredes desnudas, las ventanas sin cortinas, una cama con ruedas, con el motor de gas en marcha, los dos puntos resplandecientes y, por último, el intenso olor a cloroformo en el aire. Al final se debió dar por satisfecha y se marchó.

—¿Cuánto tiempo duró el proceso? —preguntó Kemp.

—El del gato unas tres o cuatro horas. Los huesos, los tendones y la grasa fueron los últimos en desaparecer, y también la punta de los pelos de color. Y, como te dije, la parte trasera del ojo, aunque de materia irisada, no terminó de desaparecer del todo. Ya había anochecido fuera mucho antes de que terminara el proceso, y, al final, no se veían más que los ojos oscuros y las garras. Paré el motor de gas, toqué al gato, que estaba todavía inconsciente, y lo desaté. Después, notándome cansado, lo dejé durmiendo en la almohada invisible y me fui a la cama. No podía quedarme dormido. Estaba tumbado, despierto, pensando una y otra vez en el experimento, o soñaba que todas las cosas a mi alrededor iban desapareciendo hasta que todo, incluso el suelo, desaparecía, sumergiéndome en una horrible pesadilla. A eso de las dos, el gato empezó a maullar por la habitación, intenté hacerlo callar con palabras, y, después, decidí soltarlo. Recuerdo el sobresalto que experimenté cuando, al encender la luz, solo vi unos ojos verdes y redondos y nada a su alrededor. Le habría dado un poco de leche, pero ya no me quedaba más. No se estaba quieta, se sentó en el suelo y se puso a maullar al lado de la puerta, intenté cogerla con la idea de sacarla por la ventana, pero no se dejaba atrapar. Seguía maullando por la habitación. Luego la abrí la ventana, haciéndole señales para que se fuera. Al final creo que lo hizo. Nunca más la volví a ver.

»Después, Dios sabe cómo, me puse a pensar otra vez en el funeral de mi padre, en aquella ladera deprimente y azotada por el viento, hasta que amaneció. Por la mañana, como no podía dormir, cerré la puerta de mi habitación detrás de mí y salí a pasear por aquellas calles.

—¿Quieres decir que hay un gato invisible deambulando por ahí? —dijo Kemp.

—Si no lo han matado —contestó el hombre invisible.

—Claro, ¿por qué no? —dijo Kemp—. Perdona, no quería interrumpirte.

—Probablemente lo hayan matado —dijo el hombre invisible—. Sé que cuatro días más tarde aún estaba vivo, estaba en una verja de Great Titchtfield Street, porque vi a un numeroso grupo de gente, alrededor de aquel lugar, intentando adivinar de dónde provenían unos maullidos que estaban escuchando.

Se quedó en silencio durante un buen rato, y, de pronto, continuó con la historia.

—Recuerdo la última mañana antes de mi transformación. Debí subir por Portland Street. Recuerdo los carteles de Albany Street y los soldados que salían a caballo; y, al final, me vi sentado en lo alto de Primrose Hill. Era un soleado día de enero, uno de esos días soleados y helados que precedieron la nieve este año. Mi mente agotada intentó hacerse una idea de la situación y establecer un plan de acción.

»Me sorprendí al darme cuenta, ahora que tenía la meta al alcance de la mano, de lo poco convincente que parecía mi intento. La verdad es que estaba agotado. El intenso cansancio, después de cuatro años de trabajo seguido, me había incapacitado para tener cualquier sentimiento. Me sentía apático, e intenté, en vano, recobrar aquel entusiasmo de mis primeras investigaciones, la pasión por el descubrimiento, que me había permitido, incluso, ingeniar la caída de las canas de mi padre. Nada parecía tener importancia para mí. Pude ver claramente que aquello era un estado de ánimo pasajero, por el trabajo excesivo y por la necesidad que tenía de dormir; veía posible recuperar todas mis fuerzas ya fuera con drogas o con cualquier otro medio.

»Lo único que veía claro en mi mente era que tenía que terminar aquello, la idea obsesiva me seguía dominando. Aquello tenía que acabarlo pronto, porque me estaba quedando sin dinero. Mientras estaba en la colina, miré a mi alrededor; había niños jugando y niñas que los miraban. Me puse a pensar, entonces, en las increíbles ventajas que podría tener un hombre invisible en este mundo. Después de un rato, volví a casa, comí algo y me tomé una dosis bastante fuerte de estricnina; me metí en la cama, que estaba sin hacer, vestido como estaba. La estricnina es un tónico perfecto, Kemp, para acabar con la debilidad del hombre».

—Pero es diabólica —dijo Kemp—. Es la fuerza bruta en una botella.

—Me desperté con un vigor enorme y bastante irritable, ¿sabes?

—Sí, ya conozco esa faceta.

—Y, nada más despertarme, alguien estaba llamando a la puerta. Era mi casero, un viejo judío polaco que llevaba puesto un abrigo largo y gris y unas zapatillas llenas de grasa; venía con aire amenazador y haciéndome preguntas. Estaba convencido de que yo había estado torturando a un gato aquella noche (la vieja no había perdido el tiempo), insistía en que quería saberlo todo. Las leyes del país contra la vivisección son muy severas, y podía ponerme una denuncia. Yo negué la existencia del gato. Después, dijo que las vibraciones del motor de gas se sentían en todo el edificio. Esto, desde luego, era verdad. Se coló en la habitación y empezó a fisgonearlo todo, mirando por encima de sus gafas de plata; en ese momento me invadió cierto temor de que pudiese averiguar algo sobre mi secreto, intenté quedarme entre él y el aparato de concentración que yo mismo había preparado, y esto no hizo más que aumentar su curiosidad. ¿Qué estaba tramando? ¿Por qué estaba siempre solo y me mostraba esquivo? ¿Era legal lo que hacía? ¿Era peligroso? Yo pagaba la renta normal. La suya había sido siempre una casa muy respetable, en un barrio de bastante mala reputación, pensé yo. A mí, de pronto, se me acabó la paciencia. Le dije que saliera de la habitación. Él empezó a protestar y chapurrear, explicándome que tenía derecho a entrar. Al oírle, lo agarré por el cuello; sentí que algo se desgarraba y lo eché al pasillo. Di un portazo, cerré la puerta con llave y me senté. Estaba temblando.

»Una vez fuera, el viejo empezó a armar escándalo. Yo me despreocupé, y, al cabo de un rato, se había marchado.

»Pero todo esto me llevó a un momento de crisis. Yo no sabía qué iba a hacer aquel viejo, ni siquiera qué tanto poder tenía para hacer algo. Cambiarme a otra habitación solo habría significado retrasar mis experimentos; además, solo disponía de veinte libras, en su mayoría en el banco, y no podía permitirme aquel lujo de la mudanza. ¡Tenía que desaparecer! No podía hacer otra cosa. Después de lo ocurrido vendrían las preguntas y entrarían a registrar mi habitación.

»Nada más de pensar en la posibilidad de que mi investigación pudiera interrumpirse en su punto culminante, me entró una especie de furia y me puse manos a la obra. Cogí mis tres libros de notas y mi libreta de cheques —el vagabundo lo tiene todo ahora— y me dirigí a la oficina de correos más cercana, para que lo mandaran todo a una casa de recogida de paquetes en Great Portland Street, e intenté salir sin hacer ruido. Al volver, vi cómo el casero subía lentamente las escaleras. Supongo que habría oído la puerta al cerrarse. Te habrías reído mucho si hubieras visto cómo se echó a un lado en el descansillo de la escalera, cuando se dio cuenta de que yo subía corriendo detrás de él. Me miró cuando pasé por su lado, y yo di tal portazo, que tembló toda la casa. Después, oí cómo arrastraba los pies hasta el piso donde yo estaba, dudaba un momento y optaba por seguir bajando. A partir de entonces, me puse a hacer todos los preparativos.

»Lo hice preparé todo entre la tarde y la noche. Cuando todavía me encontraba bajo la influencia, empalagosa y soporífera, de las drogas que decoloraban la sangre, llamaron a la puerta con insistencia. Dejaron de llamar, y unos pasos se fueron para luego volver y empezar a llamar de nuevo; intentaron, más tarde, meter algo por debajo de la puerta... un papel azul. En ese momento, rabioso, me levanté y abrí la puerta de par en par. «¿Qué quiere ahora?», pregunté.

»Era mi casero, que traía una orden de desahucio o algo por el estilo. Al darme el papel, creo que debió ver algo raro en mis manos y, levantando los ojos, se me quedó mirando.

»Se quedó boquiabierto y dio un grito. A continuación, soltó la vela y el papel y salió corriendo a oscuras, por el oscuro pasillo, escaleras abajo. Cerré la puerta, eché la llave y me acerqué al espejo. Entonces comprendí su miedo. Mi cara estaba blanca, blanca como el mármol.

»Fue todo horrible. Yo no esperaba aquel dolor tan fuerte. Fue una noche de atormentada angustia, de dolores y mareos. Apreté los dientes, a pesar de que mi piel estaba ardiendo. Todo el cuerpo me ardía. Y me quedé allí tumbado, como muerto. Ahora comprendo por qué el gato se puso a maullar de aquella manera hasta que le administré cloroformo. Por suerte, vivía solo y no tenía a nadie que me atendiera en la habitación. Hubo veces en que sollozaba y me quejaba. Otras, hablaba solo. Pero resistí. Perdí el conocimiento y me desperté, sin fuerzas, en la oscuridad.

»Los dolores habían cesado. Pensé que me estaba muriendo, pero no me importaba. Nunca olvidaré aquel amanecer, y el extraño horror que sentí al ver que mis manos se habían vuelto de cristal, un cristal como manchado, y al ver cómo cada vez eran más claras y delgadas, a medida que el día avanzaba, hasta que al final logré ver el desorden en que estaba mi cuarto a través de ellas. Lo veía a pesar de que

»Se quedó boquiabierto y dio un grito. A continuación, soltó la vela y el papel y salió corriendo a oscuras, por el oscuro pasillo, escaleras abajo.

Nunca olvidaré aquel amanecer, y el extraño horror que sentí al ver que mis manos se habían vuelto de cristal, un cristal como manchado...

cerraba mis párpados, ya transparentes. Mis miembros se tornaron de cristal, los huesos y las arterias desaparecieron, y los nervios, pequeños y blancos, también desaparecieron, aunque fueron los últimos en hacerlo. Apreté los dientes y seguí así hasta el final. Cuando todo terminó, solo quedaban las puntas de las uñas, blanquecinas, y la mancha marrón de algún ácido en mis dedos.

»Traté de ponerme de pie. Al principio era incapaz de hacerlo, me sentía como un niño de pañales, caminando con unas piernas que no podía ver. Estaba muy débil y tenía hambre. Me acerqué al espejo y me miré sin verme, solo quedaba un poco de pigmento detrás de la retina de mis ojos, pero era mucho más tenue que la niebla. Puse las manos en la mesa y tuve que tocar el espejo con la frente.

»Con una fuerza de voluntad enorme, me arrastré hasta los aparatos y completé el proceso.

»Dormí durante el resto de la mañana, tapándome los ojos con las sábanas, para no ver la luz; al mediodía, me desperté al oír que alguien llamaba a la puerta. Había recuperado todas mis fuerzas. Me senté en la cama y creí oír unos susurros. Me levanté y, haciendo el menor ruido posible, empecé a desmantelar el aparato y a dejar sus distintas partes por toda la habitación, para no dar lugar a sospechas. En ese momento, se volvieron a escuchar los golpes en la puerta y unas voces, primero la de mi casero y, luego, otras dos. Para ganar tiempo, les contesté. Recogí el trozo de lana invisible y la almohada y abrí la ventana para tirarlos. Cuando estaba abriéndola, dieron un tremendo golpe en la puerta. Alguien se había lanzado contra ella con la idea de romper la cerradura, pero los cerrojos, que yo había colocado con anterioridad, impidieron que se viniera abajo. Aquello me puso furioso. Empecé a temblar y a actuar con la máxima rapidez.

»Recogí un poco de papel y algo de paja, y lo puse todo junto en medio de la habitación. Abrí el gas en el momento en que grandes golpes hacían retumbar la puerta. Yo no encontraba las cerillas y empecé a dar puñetazos a la pared, lleno de rabia. Volví a abrir las llaves del gas, salté por la ventana y me escondí en la cisterna del agua, a salvo e invisible y temblando de rabia, para ver qué iba a ocurrir. Rompieron un panel de la puerta y, acto seguido, corrieron los cerrojos y se quedaron allí de pie, con la puerta abierta. Era el casero, acompañado de sus dos hijastros, dos hombres jóvenes y robustos, de unos veintitrés o veinticuatro años. Detrás de ellos se encontraba la vieja de abajo.

»Puedes imaginarte sus caras de asombro al ver que la habitación estaba vacía. Uno de los jóvenes corrió hacia la ventana, la abrió y se asomó por ella. Sus ojos y su cara barbuda y de labios gruesos estaban a un palmo de mi cara. Estuve a punto de darle un golpe, pero me contuve a tiempo. Él estaba mirando a través de mí, y también lo hicieron los demás cuando se acercaron a donde él estaba. El viejo se separó de ellos y echó un vistazo debajo de la cama y, después, todos se abalanzaron sobre el armario. Estuvieron discutiendo un rato en yiddish y cockney [dialecto londinense de los barrios bajos]. Al final, concluyeron que yo no les había contestado, que se lo habían imaginado todo. Mi rabia se tornó, entonces, en regocijo, mientras estaba sentado en la ventana, mirando a aquellas cuatro personas —cuatro, porque la vieja había entrado en la habitación buscando a su gata—, que intentaban comprender mi comportamiento.

»El viejo, por lo que pude comprender de aquella jerga suya, estaba de acuerdo con la anciana en que yo practicaba vivisecciones. Los hijastros, por el contrario, explicaban y decían, en un inglés desvirtuado, que yo era electricista, y basaban su postura en aquellos dinamos y radiadores. Estaban todos nerviosos, temiendo que yo regresara, aunque, como comprobé más tarde, habían corrido los cerrojos de la puerta de abajo. La vieja se dedicó a fisgonear dentro del armario y debajo de la cama, mientras uno de los jóvenes miraba chimenea arriba. Uno de los inquilinos, un vendedor ambulante que había alquilado la habitación de enfrente, junto con un carnicero, apareció en el rellano; lo llamaron y empezaron a explicarle todo lo ocurrido con frases incoherentes.

»Entonces, al ver los radiadores, se me ocurrió que, si caían en manos de una persona con conocimiento del tema, podría llegar a delatarme; aproveché esa oportunidad para entrar en la habitación y lanzar la dinamo contra el aparato sobre el que descansaba esta y, así, romperlos los dos a la vez. Cuando aquellas personas estaban tratando de explicarse este último hecho, me deslicé fuera de la habitación y bajé las escaleras con mucho cuidado.

»Me metí en una de las salas de estar y esperé a que bajasen, los oía comentar y discutir los acontecimientos, y todos estaban un poco decepcionados al no haber encontrado ninguna «cosa terrible». Estaban un poco perplejos, pues no sabían en qué situación se encontraban respecto a mí. Después, volví a subir a mi habitación con una caja de cerillas, prendí fuego al montón de papeles y puse las sillas y la cama encima, dejando que el gas se encargara del resto con un tubo de caucho. Eché un último vistazo a la habitación y me marché».

—¿Prendiste fuego a la casa? —exclamó Kemp.

—Sí, sí, la incendié. Era la única manera de borrar mis huellas, y, además, no tengo duda de que estaba asegurada. Después, descorrí los cerrojos de la puerta de abajo y salí a la calle. Era invisible y me estaba empezando a dar cuenta de las extraordinarias ventajas que me ofrecía serlo. Empezaban a rondarme por la cabeza todas las cosas maravillosas que podía hacer con absoluta impunidad.

XXI

En Oxford Street

—Cuando bajé las escaleras por primera vez tuve grandes dificultades, porque no podía verme los pies; tropecé dos veces y notaba cierta torpeza al agarrarme a la barandilla. Sin embargo, pude caminar mejor evitando mirar hacia abajo.

»Estaba completamente exaltado, como el hombre que ve y que camina sin hacer ningún ruido, en una ciudad de ciegos. Me entraron ganas de bromear, de asustar a la gente, de darle una palmada en la espalda a algún tipo, de tirarle el sombrero a alguien, de aprovecharme de mi extraordinaria ventaja.

»Apenas acababa de salir a Great Portland Street (mi antigua casa estaba cerca de una tienda de telas), cuando recibí un golpe muy fuerte en la espalda; al volverme, vi a un hombre con una cesta con sifones, que miraba con asombro su carga. Aunque el golpe me hizo daño, no pude aguantar una carcajada, al ver la expresión de su rostro. «Lleva el diablo en la cesta», le dije, y se la arrebaté de las manos. Él la soltó sin oponer resistencia y yo alcé aquel peso en el aire.

»Pero, en la puerta de una taberna había un cochero y el idiota quiso coger la cesta y, para esto, me dio un manotazo en una oreja. Dejé caer todo, dándole un golpe al cochero, y luego, con gritos y el ruido de pisadas a mi alrededor, la gente que salía de las tiendas y los vehículos se paraban allí, me di cuenta de lo que había hecho y maldije mi locura, recostándome contra un escaparate, y me preparé para escapar de esa confusión. En un momento me vi rodeado de gente, que, inevitablemente, me descubriría. Di un empujón al hijo del carnicero que, por fortuna, no se volvió para ver el vacío con el que se habría encontrado, y me escondí detrás del vehículo del cochero. No sé cómo acabó aquel lío. Crucé la calle, aprovechando que, en ese momento, no pasaba nadie y, sin tener en cuenta la dirección, por el miedo a que me descubrieran por el incidente, me metí entre la multitud que suele haber a esas horas en Oxford Street.

»Intenté mezclarme entre ellos, pero era demasiada gente y me empezaron a pisar los talones. Entonces me bajé a la calzada, pero era demasiado dura y me hacían daño los pies; un cabriolé, que venía a poca velocidad, me clavó el varal en un hombro, recordándome la serie de contusiones que ya tenía. Me aparté de su camino, evité chocar contra un cochecito de niño con un movimiento rápido y me encontré justo detrás del cabriolé. En ese momento me vi salvado, pues, como el carruaje iba lentamente, me puse detrás, temblando de miedo y asombrado de ver cómo habían dado la vuelta las cosas. No solo temblaba de miedo, sino que

«Lleva el diablo en la cesta», le dije, y se la arrebaté de las manos. Él la soltó sin oponer resistencia y yo alcé aquel peso en el aire.

tiritaba de frío. Era un hermoso día de enero y yo andaba por ahí desnudo, pisando la capa de barro que cubría la calzada, que estaba completamente helada. Ahora me parece una locura, pero no se me había ocurrido que, invisible o no, estaba expuesto a las inclemencias del tiempo y a todas sus consecuencias.

»De pronto se me ocurrió una brillante idea. Di la vuelta al coche y me metí dentro. De esta manera, tiritando, asustado y estornudando (esto último era un síntoma claro de resfriado), me llevaron por Oxford Street hasta pasar Tottenham Court Road. Mi estado de ánimo era bien distinto a aquel con el que había salido diez minutos antes, como puedes imaginarte. Y, además, ¡aquella invisibilidad! En lo único que pensaba era en cómo iba a salir del lío en el que me había metido.

»Circulábamos lentamente hasta llegar cerca de la librería Mudie, en donde una mujer, que salía con cinco o seis libros con una etiqueta amarilla, hizo señas al carruaje para que se detuviera; yo salté justo a tiempo para no chocarme con ella, esquivando un vagón de un tranvía, que pasó rozándome. Me dirigí hacia Bloomsbury Square con la intención de dejar atrás el museo y, así, llegar a un distrito más tranquilo. Estaba completamente helado, y aquella extraña situación me había desquiciado tanto, que eché a correr medio llorando. De la esquina norte de la plaza, de las oficinas de la Sociedad de Farmacéuticos, salió un perro pequeño y blanco que, olisqueando el suelo, se dirigía hacia mí.

»Hasta entonces no me había dado cuenta, pero la nariz es para el perro lo que los ojos para el hombre. Igual que cualquier hombre puede ver a otro, los perros perciben su olor. El perro empezó a ladrar y a dar brincos, y me pareció que lo hacía solo para hacerme ver que se había dado cuenta de mi presencia. Crucé Great Russell Street, mirando por encima del hombro, y ya había recorrido parte de Montague Street cuando me di cuenta de hacia dónde me dirigía.

»Oí música, y, al mirar para ver de dónde venía, vi a un grupo de gente que venía de Russell Square. Todos llevaban camisas rojas y, en vanguardia, la bandera del Ejército de Salvación. Aquella multitud venía cantando por la calle, y me pareció imposible pasar por en medio. Temía retroceder de nuevo y alejarme de mi camino, así que, guiado por un impulso espontáneo, subí los escalones blancos de una casa que estaba en frente de la valla del museo, y me quedé allí esperando a que pasara la multitud. Felizmente para mí, el perro también se paró al oír la banda de música, dudó un momento y, finalmente, se volvió corriendo hacia Bloomsbury Square.

»La banda seguía avanzando, cantando, con inconsciente ironía, un himno que decía algo así como «¿Cuándo podremos verle el rostro?», y me pareció que tardaron una eternidad en pasar. Pom, pom, pom, resonaban los tambores, haciendo vibrar todo a su paso, y, en ese momento, no me había dado cuenta de que dos muchachos se habían parado a mi lado. «Mira», dijo uno. «¿Que mire qué?», contestó el otro. «Mira, son las huellas de un pie descalzo, como las que se hacen en el barro».

»Miré hacia abajo y vi cómo los dos muchachos observaban las marcas de barro que yo había dejado en los escalones recién fregados. La gente que pasaba los empujaba y les daba codazos, pero su condenada imaginación hacía que

»Miré hacia abajo y vi cómo los dos muchachos observaban las marcas de barro que yo había dejado en los escalones recién fregados.

siguieran allí parados. La banda seguía: Pom, pom, pom. «Cuándo, pom, volveremos, pom, a ver, pom, su rostro, pom, pom...». «Apuesto lo que sea a que un hombre descalzo ha subido estos escalones», dijo uno, «y no ha vuelto a bajarlos. Además, un pie está sangrando».

»La mayoría de aquella gente había pasado ya. «Mira, Ted», dijo el más joven, señalando a mis pies y con cierta sorpresa en la voz. Yo miré y vi cómo se perfilaba su silueta, débilmente, con las salpicaduras del barro. Por un instante, me quedé paralizado.

»—Qué raro —dijo el mayor—. ¡Esto es muy extraño! Parece el fantasma de un pie, ¿no te parece?

»Estuvo dudando y se decidió a alargar el brazo para tocar aquello. Un hombre se acercó para ver lo que quería coger y luego lo hizo una niña. Si hubiera tardado un minuto más en saber qué hacer, habría conseguido tocarme, pero di un paso y el niño se echó hacia atrás, soltando una exclamación. Después, con un rápido movimiento, salté al pórtico de la casa vecina. El niño más pequeño, que era muy avispado, se dio cuenta de mi movimiento, y antes de que yo bajara los escalones y me encontrara en la acera, él ya se había recobrado de su asombro momentáneo y gritaba que los pies habían saltado el muro.

»Rápidamente dieron la vuelta y vieron mis huellas en el último escalón y en la acera. «¿Qué pasa?», preguntó alguien. «Que hay unos pies, ¡mire! ¡Unos pies que corren solos!».

»Todas las personas que había en la calle, excepto mis tres perseguidores, iban detrás del Ejército de Salvación, y ello me impedía, tanto a mí como a ellos, correr en esa dirección. Durante un momento, sorprendidos, todos se preguntaban unos a otros qué era aquello. Después de derribar a un muchacho, logré cruzar la calle y, un momento más tarde, eché a correr por Russell Square. Detrás de mí iban seis o siete personas siguiendo mis huellas, asombrados. No tenía tiempo para dar explicaciones, si no quería que aquel montón de gente se me echase encima.

»Di la vuelta a dos esquinas y crucé tres veces la calle, volviendo sobre mis propias huellas y, al mismo tiempo que mis pies se iban calentando y secando, las huellas, húmedas, iban desapareciendo. Al final, tuve un momento de respiro, que aproveché para quitarme el barro de los pies con las manos y, así, me salvé. Lo último que vi de aquella persecución fue un grupo de gente, quizá una docena de personas, que estudiaban con infinita perplejidad una huella, que se secaba rápidamente, y que yo había dejado en un charco de Tavistock Square. Una huella tan aislada e incomprensible para ellos como el descubrimiento solitario de Robinson Crusoe.

»La carrera me había servido para entrar en calor, y caminaba mucho mejor por las calles menos frecuentadas que había por aquella zona. La espalda se me había endurecido y me dolía bastante y también la garganta, desde que el cochero me había dado el manotazo. El mismo cochero me había hecho un arañazo en el cuello; los pies me dolían mucho y, además, cojeaba, porque tenía un corte en uno. Vi a un ciego y en ese momento me aparté. Tenía miedo de la sutileza de su intuición. En un par de ocasiones me choqué, dejando a la gente asombrada por las maldiciones que les decía. Después me cayó algo en la cara, y, mientras cruzaba la plaza, noté un velo muy fino de copos de nieve, que caían lentamente. Había cogido un resfriado y, a pesar de todo, no podía evitar estornudar de vez en cuando. Y cada perro que veía con la nariz levantada, olfateando, significaba para mí un verdadero terror.

»Después vi a un grupo de hombres y niños que corrían gritando. Había un incendio. Corrían en dirección a mi antiguo hospedaje, y, al volverme para mirar calle abajo, vi una masa de humo negro por encima de los tejados y de los cables de teléfono. Estaba ardiendo mi casa. Toda mi ropa, mis aparatos y mis posesiones, excepto la libreta de cheques y los tres libros que me esperaban en Great Portland Street, estaban allí. ¡Se estaba quemando todo! Había quemado mis cosas. Todo aquel lugar estaba en llamas».

El hombre invisible dejó de hablar y se quedó pensativo. Kemp miró nerviosamente por la ventana.

—¿Y qué más? —dijo—. Continúa.

XXII

En los grandes almacenes

—Así fue cómo el mes de enero pasado, cuando empezaba a caer la nieve, ¡y si me hubiera caído encima, me habría delatado!, agotado, helado, dolorido, tremendamente desgraciado, y todavía a medio convencer de mi propia invisibilidad, empecé esta nueva vida con la que me he comprometido. No tenía ningún sitio donde ir, ningún recurso, y nadie en el mundo en quien confiar. Revelar mi secreto significaba delatarme, convertirme en un espectáculo para la gente, en una rareza humana. Sin embargo, estuve ten-

El hombre invisible dejó de hablar y se quedó pensativo. Kemp miró nerviosamente por la ventana.

tado de acercarme a cualquier persona que pasara por la calle y ponerme a su merced, pero veía claramente el terror y la crueldad que despertaría cualquier explicación por parte mía. No tracé ningún plan mientras estuve en la calle. Solo quería resguardarme de la nieve, abrigarme y calentarme. Entonces podría pensar en algo, aunque, incluso para mí, hombre invisible, todas las casas de Londres, en fila, estaban bien cerradas, atrancadas y con los cerrojos corridos.

»Solo veía una cosa clara: tendría que pasar la noche bajo la fría nieve.

»Pero se me ocurrió una idea brillante. Di la vuelta por una de las calles que van desde Gower Street a Tottenham Court Road, y me encontré con que estaba delante de Omnium, un establecimiento donde se puede comprar de todo. Imagino que conoces ese lugar. Venden carne, abarrotes, ropa de cama, muebles, trajes, cuadros al óleo, de todo. Es más una serie de tiendas que una tienda. Pensé encontrar las puertas abiertas, pero estaban cerradas. Mientras estaba delante de aquella puerta grande, se paró un carruaje, y salió un hombre de uniforme que llevaba la palabra "Omnium" grabada en la gorra. El hombre abrió la puerta. Conseguí entrar y empecé a recorrer la tienda. Entré en una sección en la que vendían cintas, guantes, calcetines y cosas de ese estilo y de allí pasé a otra sala mucho más grande, que estaba dedicada a cestos de picnic y muebles de mimbre.

»Sin embargo, no me sentía seguro. Había mucha gente que iba de un lado para otro. Estuve merodeando inquieto hasta que llegué a una sección muy grande, que estaba en el piso superior. Había montones y montones de camas y un poco más allá un sitio con todos los colchones enrollados, unos encima de otros. Ya habían encendido las luces y se estaba muy caliente. Por tanto, decidí quedarme donde estaba, observando con precaución a dos o tres clientes y empleados, hasta que llegara el momento de cerrar. Después, pensé, podría robar algo de comida y ropas y, disfrazado, merodear un poco por allí para examinar todo lo que tenía a mi alcance y, quizá, dormir en alguna cama. Me pareció un plan aceptable. Mi idea era la de procurarme algo de ropa para tener una apariencia aceptable, aunque iba a tener que ir prácticamente embozado; conseguir dinero y después recobrar mis libros y mi paquete, alquilar una habitación en algún sitio y, una vez allí, pensar en algo que me permitiera disfrutar de las ventajas que, como hombre invisible, tenía sobre el resto de los hombres.

»Pronto llegó la hora de cerrar; no había pasado una hora desde que me había subido a los colchones cuando vi cómo bajaban las persianas de los escaparates y cómo todos los clientes se dirigían hacia la puerta. Acto seguido, un animado grupo de jóvenes empezó a ordenar, con una diligencia increíble, todos los objetos. A medida que el sitio se iba quedando vacío, dejé mi escondite y empecé a merodear, con precaución, por las secciones menos solitarias de la tienda. Me quedé sorprendido al ver la rapidez con la que aquellos hombres y mujeres guardaban todos los objetos que se habían expuesto durante el día. Las cajas, las telas, las cintas, las cajas de dulces de la sección de alimentación, las muestras de esto y de aquello, absolutamente todo, se colocaba, se doblaba, se metía en cajas, y a lo que no se podía guardar, le echaban una sábana por encima. Por último, colocaron todas las sillas encima de los mostradores, despejando el suelo.

Después de terminar su tarea, cada uno de aquellos jóvenes se dirigía a la salida con una expresión de alegría en el rostro, como nunca antes había visto en ningún empleado de ninguna tienda. Después aparecieron varios muchachos echando serrín y provistos de cubos y de escobas. Tuve que echarme a un lado para no interponerme en su camino, y, aun así, me echaron serrín en un tobillo. Durante un buen rato, mientras deambulaba por las distintas secciones, con las sábanas cubriéndolo todo y a oscuras, oía el ruido de las escobas. Finalmente, una hora después, o quizá un poco más, de que cerraran, pude oír cómo echaban la llave. El lugar se quedó en silencio. Me encontré caminando entre la enorme complejidad de tiendas, galerías y escaparates. Estaba completamente solo. Todo estaba muy tranquilo. Recuerdo que, al pasar cerca de la entrada que daba a Tottenham Court Road, escuché las pisadas de los peatones.

»Me dirigí primero al lugar donde se vendían calcetines y guantes. Estaba a oscuras; tardé un poco en encontrar cerillas, pero finalmente las encontré en el cajón de la caja registradora. Después, tenía que conseguir una vela. Tuve que desenvolver varios paquetes y abrir numerosas cajas y cajones, pero al final pude encontrar lo que buscaba. En la etiqueta de una caja decía: calzoncillos y camisetas de lana; después tenía que conseguir unos calcetines, gordos y cómodos; luego me dirigí a la sección de ropa y me puse unos pantalones, una chaqueta, un abrigo y un sombrero bastante flexible, una especie de sombrero de clérigo, con el ala inclinada hacia abajo. Entonces, empecé a sentirme de nuevo como un ser humano; y enseguida pensé en la comida.

»Arriba había una cafetería, donde pude comer un poco de carne fría. Todavía quedaba un poco de café en la cafetera, así que encendí el gas y lo volví a calentar. Con esto me quedé bastante bien. A continuación, mientras buscaba mantas (al final, tuve que conformarme con un montón de edredones), llegué a la sección de alimentación, donde encontré chocolate y fruta escarchada, más de lo que podía comer, y vino blanco de Borgoña. Al lado, estaba la sección de juguetes, y se me ocurrió una idea genial. Encontré unas narices artificiales, sabes, de esas de mentira, y pensé también en unas gafas negras. Pero los grandes almacenes no tenían sección de óptica. Además tuve dificultades con la nariz; pensé, incluso, en pintármela. El estar allí me había hecho pensar en pelucas, máscaras y cosas por el estilo. Por último, me dormí entre un montón de edredones, donde estaba muy cómodo y caliente.

»Los últimos pensamientos que tuve, antes de dormirme, fueron los más agradables que había tenido desde que sufrí la transformación. Estaba físicamente sereno, y eso se reflejaba en mi mente. Pensé que podría salir del establecimiento sin que nadie reparara en mí, con toda la ropa que llevaba, tapándome la cara con una bufanda blanca; pensaba en comprarme unas gafas, con el dinero que había robado, y así completar mi disfraz. Todas las cosas increíbles que me habían ocurrido durante los últimos días pasaron por mi mente en completo desorden. Vi al viejo judío dando voces en su habitación, a sus dos hijastros asombrados, la cara angulosa de la vieja que preguntaba por su gata. Volví a experimentar la extraña sensación de ver cómo desaparecía el trozo de tela y volví a la ladera azotada por el viento, en donde aquel viejo cura mascullaba lloriqueando: «Lo que es de las cenizas, a las cenizas; lo que es de la tierra, a la tierra» ante la tumba abierta de mi padre.

»—Tú también —dijo una voz y, de repente, noté cómo me empujaban hacia la tumba.

»Me debatí, grité, llamé a los acompañantes, pero continuaban escuchando el servicio religioso; lo mismo ocurría al viejo clérigo, que proseguía murmurando sus oraciones, sin vacilar un instante. Me di cuenta entonces de que era invisible y de que nadie me podía oír, que fuerzas sobrenaturales me tenían agarrado. Me debatía en vano, pues algo me llevaba hasta el borde de la fosa; el ataúd se hundió al caer yo encima de él; luego empezaron a tirarme encima paladas de tierra. Nadie me prestaba atención, nadie se daba cuenta de lo que me ocurría. Empecé a debatirme con todas mis fuerzas y, finalmente, me desperté.

»El pálido amanecer de Londres llegaba y el lugar estaba inundado por una luz grisácea y helada, que se filtraba por los bordes de las persianas de los escaparates. Me senté y me pregunté qué hacía yo en aquel espacioso lugar lleno de mostradores, rollos de tela apilados, montones de edredones y almohadas, y columnas de hierro. Después, cuando pude acordarme de todo, oí unas voces que conversaban.

»Al final de la sala, envueltos en la luz de otra sección, en la que ya habían subido las persianas, vi a dos hombres que se aproximaban. Me puse de pie, mirando a mi alrededor, buscando un sitio por donde escapar. El ruido que hice delató mi presencia. Imagino que solo vieron una figura que se alejaba rápidamente. «¿Quién anda ahí?», gritó uno, y el otro: «¡Alto!». Yo doblé una esquina y me choqué de frente,

¡imagínate, una figura sin rostro!, con un chico larguirucho de unos quince años. El muchacho dio un grito, lo eché a un lado, doblé otra esquina y, por una feliz inspiración, me tumbé detrás de un mostrador. Acto seguido, vi cómo pasaban unos pies corriendo y oí voces que gritaban: «¡Vigilen las puertas!», se preguntaban qué pasaba y daban una serie de consejos sobre cómo atraparme.

»Allí, en el suelo, estaba completamente aterrado. Y, por muy raro que parezca, no se me ocurrió quitarme la ropa de encima, cosa que debería haber hecho. Imagino que me había hecho a la idea de salir con ella puesta. Después, desde el otro extremo de los mostradores, oí cómo alguien gritaba: «¡Aquí está!».

»Me puse en pie de un salto, cogí una de las sillas del mostrador y se la tiré al loco que había gritado. Luego me volví y, al doblar una esquina, me choqué con otro, lo tiré al suelo y me lancé escaleras arriba. El dependiente recobró el equilibrio, dio un grito, y se puso a seguirme. En la escalera había amontonadas vasijas de colores brillantes. ¿Qué son? ¿Cómo se llaman?

—Jarrones —dijo Kemp.

—Eso es, jarrones. Bien, cuando estaba en el último escalón, me volví, cogí uno de esos jarrones y se lo estampé en la cabeza a aquel idiota cuando venía hacia mí. Todo el montón de jarrones se vino abajo y pude oír gritos y pasos que llegaban de todos lados. Me dirigí a la cafetería y un hombre vestido de blanco, que parecía un cocinero, se puso a perseguirme. En un último y desesperado intento, eché a correr y me encontré rodeado de lámparas y de objetos de ferretería. Me escondí detrás del mostrador y esperé al cocinero.

»Allí, en el suelo, estaba completamente aterrado. Y, por muy raro que parezca, no se me ocurrió quitarme la ropa de encima, cosa que debería haber hecho.

Cuando pasó delante, le di un golpe con una lámpara. Se cayó, me agaché detrás del mostrador y empecé a quitarme la ropa tan rápido como pude. El abrigo, la chaqueta, los pantalones y los zapatos me los quité sin ningún problema, pero tuve algunos con la camiseta, pues las de lana se pegan al cuerpo como una segunda piel. Oí cómo llegaban otros hombres; el cocinero estaba inmóvil en el suelo al otro lado del mostrador, se había quedado sin habla, no sé si porque estaba aturdido o porque tenía miedo, y yo tenía que intentar escapar.

»Luego oí una voz que gritaba: «¡Por aquí, policía!». Yo me encontraba de nuevo en la planta dedicada a las camas, y vi que al fondo había un gran número de armarios. Me metí entre ellos, me tiré al suelo y logré, por fin, después de infinitos esfuerzos, liberarme de la camiseta. Me sentí un hombre libre otra vez, aunque jadeando y asustado, cuando el policía y tres de los dependientes aparecieron, doblando una esquina. Se acercaron corriendo al lugar en donde había dejado la camiseta y los calzoncillos, y cogieron los pantalones. «Se está deshaciendo de lo robado», dijo uno. «Debe estar en algún sitio, por aquí».

»Pero, en cualquier caso, no lograron encontrarme.

»Me les quedé mirando un rato mientras me buscaban, y maldije mi mala suerte por haber perdido mi ropa. Después subí a la cafetería, tomé un poco de leche que encontré y me senté junto al fuego a reconsiderar mi situación.

»Al poco tiempo, llegaron dos dependientes y empezaron a charlar, excitados, sobre el asunto, demostrando su imbecilidad. Pude escuchar el recuento, exagerado, de los estragos que había causado y algunas teorías sobre mi posible escondite. En aquel momento dejé de escuchar y me dediqué a pensar. La primera dificultad, y más ahora que se había dado la voz de alarma, era la de salir, fuese como fuese, de aquel lugar. Bajé al sótano para ver si tenía suerte y podía preparar un paquete y franquearlo, pero no entendía muy bien el sistema de comprobación. Sobre las once, viendo que la nieve se estaba derritiendo, y que el día era un poco más cálido que el anterior, decidí que ya no tenía nada que hacer en los grandes almacenes y me marché, desesperado por no haber conseguido lo que quería y sin ningún plan de acción a la vista.

XXIII
En Drury Lane

—Te habrás empezado a dar cuenta —dijo el hombre invisible— de las múltiples desventajas de mi situación. No tenía dónde ir, ni tampoco ropa y, además, vestirme era perder mis ventajas y hacer de mí un ser extraño y terrible. Estaba en ayunas, pero, si comía algo, me llenaba de materia sin digerir, y era hacerme visible de la forma más grotesca.

—No se me había ocurrido —dijo Kemp.

—Ni a mí tampoco. Y la nieve me había avisado de otros peligros. No podía salir cuando nevaba, porque me delataba, si me caía encima. La lluvia también me convertía en una silueta acuosa, en una superficie reluciente, en una burbuja. Y, en la niebla, sería una burbuja borrosa, un contorno, un destello, como grasiento, de humanidad. Además, al salir, por la atmósfera de Londres, se me ensuciaron los tobillos y la piel se me llenó de motitas de hollín y de polvo. No sabía cuánto tiempo tardaría en hacerme visible por esto, pero era evidente que no demasiado.

—Y menos en Londres, desde luego.

—Me dirigí a los suburbios cercanos a Great Portland Street y llegué al final de la calle en la que había vivido. Pero no seguí en esa dirección porque aún había gente frente a las ruinas, humeantes, de la casa que yo había incendiado. Mi primera preocupación era conseguir algo de ropa. Todavía no sabía qué iba a hacer con mi cara. Entonces, en una de esas tiendas en las que venden de todo, periódicos, dulces, juguetes, papel de cartas, sobres, tonterías para Navidad y otras cosas por el estilo, vi una colección de máscaras y narices. Así que vi mi problema solucionado y supe qué camino debía tomar. Di la vuelta y, evitando las calles más concurridas, me encaminé hacia las calles que pasan por detrás del norte del Strand porque, aunque no sabía exactamente dónde, recordaba que algunos proveedores de teatro tenían sus tiendas en aquel distrito.

»El día era frío y un viento cortante soplaba por las calles de la parte norte. Caminaba deprisa para evitar que me adelantaran. Cada cruce era un peligro y tenía que estar atento a los peatones. En una ocasión, cuando iba a sobrepasar a un hombre, al final de Bedford Street, este se volvió y chocó conmigo, echándome de la acera. Me caí al suelo y casi me atropella un cabriolé. El cochero dijo que, probablemente, aquel hombre había sufrido un ataque repentino. El encontronazo me puso tan nervioso que me dirigí al mercado de Covent Garden, y me senté un rato al lado de un puesto de violetas, en un rincón tranquilo. Estaba jadeando y temblaba. Había cogido otro resfriado y, después de un rato, tuve que salir fuera para no atraer la atención con mis estornudos.

»Pero, por fin, encontré lo que buscaba: una tienda pequeña, sucia y cochambrosa, en una calleja apartada, cerca de Drury Lane. La tienda tenía un escaparate lleno de trajes de lentejuelas, bisutería, pelucas, zapatillas, dóminos y fotografías de teatro. Era una tienda oscura y antigua. La casa que se alzaba encima tenía cuatro pisos, también oscuros y tenebrosos. Eché un vistazo por el escaparate y, al ver que no había nadie, me colé dentro. Al abrir la puerta sonó una campanilla. La dejé abierta, pasé por el lado de un perchero vacío y me escondí en un rincón, detrás de un espejo de cuerpo entero. Estuve allí un rato sin que apareciera nadie, pero después oí pasos que atravesaban una habitación y un hombre entró en la tienda.

»Yo sabía perfectamente lo que quería. Me proponía entrar en la casa, esconderme arriba y, aprovechando la primera oportunidad, cuando todo estuviera en silencio, coger una peluca, una máscara, unas gafas y un traje y salir a la calle. Tendría un aspecto grotesco, pero por lo menos parecería una persona. Y, por supuesto, podría robar todo el dinero disponible en la casa.

»El hombre que entró en la tienda era más bien bajo, algo encorvado, cejudo; tenía los brazos muy largos, las piernas muy cortas y arqueadas. Por lo que pude observar, había interrumpido su almuerzo. Empezó a mirar por la tienda, esperando encontrar a alguien, pero se sorprendió al verla vacía, y su sorpresa se tornó en ira. «¡Malditos chicos!», comentó. Salió de la tienda y miró arriba y abajo de la calle.

Estuve allí un rato sin que apareciera nadie, pero después oí pasos que atravesaban una habitación y un hombre entró en la tienda.

Volvió a entrar, cerró la puerta de una patada y se dirigió, murmurando, hacia la puerta de su vivienda.

»Yo salí de mi escondite para seguirlo y, al oír el ruido, se paró en seco. Yo también lo hice, asombrado por la agudeza de su oído. Pero, después, me cerró la puerta en las narices.

»Me quedé allí parado dudando qué hacer, pero oí sus pisadas que volvían rápidamente. Se abrió otra vez la puerta. Se quedó mirando dentro de la tienda, como si no se hubiese quedado conforme. Después, sin dejar de murmurar, miró detrás del mostrador y en algunas estanterías. Acto seguido, se quedó parado, como dudando. Como había dejado la puerta de su vivienda abierta, yo aproveché para deslizarme en la habitación contigua.

»Era una habitación pequeña y algo extraña. Estaba pobremente amueblada, y en un rincón había muchas máscaras de gran tamaño. En la mesa estaba preparado el desayuno. Y no te puedes imaginar la desesperación, Kemp, de estar oliendo aquel café y tener que quedarme de pie, mirando cómo el hombre volvía y se ponía a desayunar. Su comportamiento en la mesa, además, me irritaba. En la habitación había tres puertas; una daba al piso de arriba y otra al piso de abajo, pero las tres estaban cerradas. Además, apenas me podía mover, porque el hombre seguía estando alerta. Donde yo estaba había una corriente de aire que me daba directamente en la espalda, y, en dos ocasiones, pude aguantarme el estornudo a tiempo.

»Las sensaciones que estaba experimentando eran curiosas y nuevas para mí, pero, a pesar de esto, antes de que el hombre terminara de desayunar, yo estaba agotado y furioso. Por fin, terminó su desayuno. Colocó los miserables cacharros en la bandeja negra de metal sobre la que había una tetera y, después de recoger todas las migajas de aquel mantel manchado de mostaza, se lo llevó todo. Su intención era cerrar la puerta tras él, pero no pudo, porque llevaba las dos manos ocupadas; nunca he visto a un hombre con tanta manía de cerrar las puertas. Lo seguí hasta una cocina muy sucia, que hacía las veces de lavadero y que estaba en el sótano. Tuve el placer de ver cómo se ponía a fregar los platos y, después, viendo que no valía la pena quedarme allí y dado que el suelo de ladrillo estaba demasiado frío para mis pies, volví arriba y me senté en una silla, junto al fuego. El fuego estaba muy bajo y, casi sin pensarlo, eché un poco más de carbón. Al oír el ruido, se presentó en la habitación y se quedó mirando. Empezó a fisgonear y casi llega a tocarme. Incluso después de este último examen, no parecía del todo satisfecho. Se paró en el umbral de la puerta y echó un último vistazo antes de bajar.

»Esperé en aquel cuarto una eternidad hasta que, finalmente, subió y abrió la puerta que conducía al piso de arriba. Esta vez me las arreglé para seguirlo.

»Sin embargo, en la escalera se volvió a parar de repente, de forma que casi me caigo encima de él. Se quedó de pie, mirando hacia atrás, justo a la altura de mi cara, escuchando. «Hubiera jurado ...», dijo. Se tocó el labio inferior con aquella mano, larga y peluda, y con la mirada recorrió las escaleras de arriba a abajo. Luego gruñó y siguió subiendo.

»Cuando tenía la mano en el pomo de la puerta, se volvió a parar con la misma expresión de ira en su rostro. Se estaba dando cuenta de los ruidos que yo hacía al moverme, detrás de él. Aquel hombre debía tener un oído endiabladamente agudo. De pronto, y llevado por la ira, gritó: «¡Si hay alguien en esta casa...!», y dejó ese juramento sin terminar. Se echó mano al bolsillo y, no encontrando lo que buscaba, pasó a mi lado corriendo y se lanzó escaleras abajo, haciendo ruido y con aire de querer pelear. Pero esta vez no lo seguí, sino que esperé sentado en la escalera a que volviera.

»Al momento estaba arriba de nuevo y seguía murmurando. Abrió la puerta de la habitación y, antes de que yo pudiera colarme, me dio con ella en las narices.

»Decidí, entonces, echar un vistazo por la casa, y a eso le dediqué un buen rato, cuidándome de hacer el menor ruido posible. La casa era muy vieja y tenía un aspecto ruinoso; había tanta humedad que el papel del desván se caía a tiras, y estaba infestada de ratas. Algunos de los pomos de las puertas chirriaban y me daba un poco de miedo girarlos. Varias habitaciones estaban completamente vacías y otras estaban llenas de trastos de teatro comprados de segunda mano, a juzgar por su apariencia. En la habitación contigua a la suya encontré mucha ropa vieja. Empecé a revolver entre aquella ropa, olvidándome de la agudeza de oído de aquel hombre. Oí pasos cautelosos y miré justo en el momento de ver cómo fisgoneaba entre aquel montón de ropa y sacaba una vieja pistola. Me quedé quieto, mientras él miraba a su alrededor, boquiabierto y desconfiado. «Tiene que haber sido ella», dijo, «¡maldita sea!».

»Cerró la puerta con cuidado e, inmediatamente, oí cómo echaba la llave. Sus pisadas se alejaron y me di cuenta de que me había dejado encerrado. Durante un minuto me quedé sin saber qué hacer. Me dirigí a la ventana y luego volví a la puerta. Me quedé allí de pie, perplejo. Me invadió un arrebato de ira. Pero decidí seguir revolviendo la ropa antes de hacer nada más y, al primer intento, tiré uno de los montones que había en uno de los estantes superiores. El ruido hizo que volviera de nuevo, con un aspecto mucho más siniestro que nunca. Esta vez llegó a tocarme y dio un salto hacia atrás, sorprendido, y se quedó asombrado en medio de la habitación.

»En ese momento se calmó un poco. «¡Ratas!», dijo en voz baja, tapándose los labios con sus dedos. Evidentemente, tenía un poco de miedo. Me dirigí silenciosamente hacia la puerta, fuera de la habitación, pero, mientras lo hacía, una madera del suelo crujió. Entonces aquel bruto infernal empezó a recorrer la casa, pistola en mano, cerrando puerta tras puerta y metiéndose las llaves en el bolsillo. Cuando me di cuenta de lo que intentaba hacer, sufrí un ataque de ira, que casi me impidió controlarme en el intento de aprovechar cualquier oportunidad. A esas alturas yo sabía que se encontraba solo en la casa y, no pudiendo esperar más, le di un golpe en la cabeza».

—¿Le diste un golpe en la cabeza? —exclamó Kemp.

—Sí, mientras bajaba las escaleras. Le golpeé por la espalda con un taburete que había en el descansillo. Cayó rodando como un saco de patatas.

—¡Pero...! Las normas de comportamiento de cualquier ser humano...

—Están muy bien para la gente normal. Pero la verdad era, Kemp, que yo tenía que salir de allí disfrazado y sin que aquel hombre me viera. No podía pensar en otra forma distinta de hacerlo. Le amordacé con un chaleco Luis XIV y le envolví en una sábana.

Entonces aquel bruto infernal empezó a recorrer la casa, pistola en mano, cerrando puerta tras puerta y metiéndose las llaves en el bolsillo.

—¿Que lo envolviste en una sábana?

—Sí, hice una especie de bolso. Era una buena idea para asustar a aquel idiota y maniatarlo. Además, era difícil que se escapara, pues lo había atado con una cuerda. Querido Kemp, no deberías quedarte ahí sentado, mirándome como si fuera un asesino. Tenía que hacerlo. Aquel hombre tenía una pistola. Si me hubiera visto tan solo una vez, habría podido describirme luego.

—Pero —dijo Kemp— en Inglaterra... actualmente. Y el hombre estaba en su casa, y tú estabas ro... bando.

—¡Robando! ¡Maldita sea! ¡Y, ahora, me llamas ladrón! De verdad, Kemp, pensaba que no estabas tan loco como para ser tan anticuado. ¿No te das cuenta de la situación en la que estaba?

—¿Y la suya? —dijo Kemp.

El hombre invisible se puso de pie bruscamente.

—¿Qué estás intentando decirme?

Kemp se puso serio. Iba a empezar a hablar, pero se detuvo.

—Bueno, supongo que, después de todo, tenías que hacerlo —dijo, cambiando rápidamente de actitud—. Estabas en un aprieto. Pero de todos modos...

—Claro que estaba en un aprieto, en un aprieto infernal. Además, aquel hombre me puso furioso, persiguiéndome por toda la casa, jugueteando con la pistola, abriendo y cerrando puertas. Era desesperante. ¿No me irás a echar la culpa, verdad? ¿No me reprocharás nada?

—Nunca culpo a nadie —dijo Kemp—. Eso es anticuado. ¿Qué hiciste después?

—Tenía mucha hambre. Abajo encontré pan y un poco

de queso rancio, lo que bastó para saciar mi apetito. Tomé un poco de coñac con agua y, después, pasando por encima del improvisado paquete que yacía inmóvil, volví a la habitación donde estaba la ropa. La habitación daba a la calle. En la ventana había unas cortinas de encaje de color marrón muy sucias. Me acerqué a la ventana y miré la calle tras las cortinas. Fuera, el día era muy claro, en contraste con la penumbra de la ruinosa casa en la que me encontraba. Había bastante tráfico: carros de fruta, un cabriolé, un coche cargado con un montón de cajas, el carro de un pescadero. Cuando me volví hacia lo que tenía detrás, tan sombrío, había miles de motitas de colores que me bailaban en los ojos. Mi estado de excitación me llevaba de nuevo a comprender, claramente, mi situación. En la habitación había cierto olor a benzol, e imagino que lo usaría para limpiar la ropa.

»Empecé a rebuscar sistemáticamente por toda la habitación. Supuse que aquel jorobado vivía solo en aquella casa desde hacía algún tiempo. Era una persona curiosa. Todo lo que resultaba, a mi parecer, de utilidad, lo iba amontonando y, después, me dediqué a hacer una selección. Encontré una cartera que me pareció que se podía utilizar, un poco de maquillaje, colorete y esparadrapo.

»Había pensado pintarme y maquillarme la cara y todas las partes del cuerpo que quedaran a la vista, para hacerme visible, pero encontré la desventaja de que necesitaría aguarrás, otros accesorios y mucho tiempo si quería volver a desaparecer de nuevo. Al final, elegí una máscara de las que me parecían mejores, algo grotesca, pero no mucho más que la de algunos hombres, unas gafas oscuras, unos bigotes grisáceos y una peluca; no pude encontrar ropa interior, pero podría comprármela después; de momento, me envolví en un traje de percal y en algunas bufandas de cachemir blanco. Tampoco encontré calcetines, pero las botas del jorobado me venían bastante bien, y eso me resultaba suficiente. En un escritorio de la tienda encontré tres soberanos y unos treinta chelines de plata, y, en un armario de una habitación interior, encontré ocho monedas de oro. Equipado como estaba, podía salir, de nuevo, al mundo.

»En este momento me entró una duda curiosa: ¿mi aspecto era realmente... normal? Me miré en un espejo; lo hice con minuciosidad, mirando cada parte de mi cuerpo, para ver si había quedado alguna sin cubrir, pero todo parecía estar bien. Quedaba un poco grotesco, como si hiciera teatro; parecía representar la figura del avaro, pero, desde luego, nada se salía de lo posible. Tomando confianza, llevé el espejo a la tienda, bajé las persianas y, con la ayuda del espejo de cuerpo entero que había en un rincón, me volví a mirar desde distintos puntos de vista.

»Pasaron unos minutos, por fin me armé de valor, abrí la puerta y salí a la calle, dejando a aquel hombrecillo que escapara de la sábana cuando quisiera. Cinco minutos después estaba ya a diez o doce manzanas de la tienda. Nadie parecía fijarse en mí. Me pareció que mi última dificultad se había resuelto».

El hombre invisible dejó de hablar otra vez.

—¿Y ya no te has vuelto a preocupar por el jorobado? —preguntó Kemp.

—No —dijo el hombre invisible—. Ni tampoco sé qué ha sido de él. Imagino que acabaría desatándose o saldría de algún otro modo, porque los nudos estaban muy apretados.

»En este momento me entró una duda curiosa: ¿mi aspecto era realmente... normal? Me miré en un espejo; lo hice con minuciosidad...

Se calló de nuevo y se acercó a la ventana.

—¿Qué ocurrió cuando saliste al Strand?

—Oh, una nueva desilusión. Pensé que mis problemas se habían terminado. Pensé también que, prácticamente, podía hacer cualquier cosa impunemente, excepto revelar mi secreto. Es lo que pensaba. No me importaban las cosas que pudiera hacer ni sus consecuencias. Lo único que debía hacer era quitarme la ropa y desaparecer. Nadie podía pillarme. Podía coger dinero de donde lo viera. Decidí darme un banquete, después alojarme en un buen hotel y comprarme cosas nuevas. Me sentía asombrosamente confiado, no es agradable reconocer que era un idiota. Entré en un sitio y pedí el menú, sin darme cuenta de que no podía comer sin mostrar mi cara invisible. Acabé pidiendo el menú y le dije al camarero que volvería en diez minutos. Me marché de allí furioso. No sé si tú has sufrido una decepción de ese tipo, cuando tienes hambre.

—No, nunca de ese tipo —dijo Kemp—, pero puedo imaginármelo.

—Tenía que haberme liado a golpes con aquellos tontos. Al final, con la idea fija de comer algo, me fui a otro sitio y pedí un reservado. «Tengo la cara muy desfigurada», le dije. Me miraron con curiosidad, pero, como no era asunto suyo, me sirvieron el menú como yo quería. No era demasiado bueno, pero era suficiente; cuando terminé, me fumé un puro y empecé a hacer planes. Fuera, empezaba a nevar. Cuanto más lo pensaba, Kemp, más me daba cuenta de lo absurdo que era un hombre invisible en un clima tan frío y sucio y en una ciudad con tanta gente. Antes de realizar aquel loco experimento, había imaginado mil ventajas;

sin embargo, aquella tarde, todo era decepción. Empecé a repasar las cosas que el hombre considera deseables. Sin duda, la invisibilidad me iba a permitir conseguirlas, pero, una vez en mi poder, sería imposible disfrutarlas. La ambición... ¿de qué vale estar orgulloso de un lugar cuando no se puede aparecer por allí? ¿De qué vale el amor de una mujer, cuando esta tiene que llamarse necesariamente Dalila? No me gusta la política, ni la sinvergonzonería de la fama, ni el deporte, ni la filantropía. ¿A qué me iba a dedicar? ¡Y para eso me había convertido en un misterio embozado, en la caricatura vendada de un hombre!

Hizo una pausa y, por su postura, pareció estar echando un vistazo por la ventana.

—Pero ¿cómo llegaste a Iping? —dijo Kemp, ansioso de que su invitado continuara su relato.

—Fui a trabajar. Todavía me quedaba una esperanza. ¡Era una idea que aún no estaba del todo definida! Todavía la tengo en mente y, actualmente, está muy clara. ¡Es el camino inverso! El camino de restituir todo lo que he hecho, cuando quiera, cuando haya realizado todo lo que deseé siendo invisible. Y de esto quiero hablar contigo.

—¿Fuiste directamente a Iping?

—Sí. Simplemente tenía que recuperar mis tres libros y mi talón de cheques, mi equipaje y algo de ropa interior. Además, tenía que encargar una serie de productos químicos para poder llevar a cabo mi idea —te enseñaré todos mis cálculos en cuanto recupere mis libros—, y me puse en marcha. Ahora recuerdo la nevada y el trabajo que me costó que la nieve no me estropeara la nariz de cartón.

—Y luego —dijo Kemp—; anteayer, cuando te descubrieron, tú, a juzgar por los periódicos...

Hizo una pausa y, por su postura, pareció estar echando un vistazo por la ventana.

—Sí, todo eso es cierto. ¿Maté a aquel policía?

—No —dijo Kemp—. Se espera una recuperación en poco tiempo.

—Entonces, tuvo suerte. Perdí el control. ¡Esos tontos! ¿Por qué no me dejaban solo? ¿Y el bruto del tendero?

—Se espera que no haya ningún muerto —dijo Kemp.

—Del que no sé nada es del vagabundo —dijo el hombre invisible, con una sonrisa desagradable—. ¡Por el amor de Dios, Kemp, tú no sabes lo que es la rabia! ¡Haber trabajado durante años, haberlo planeado todo, para que después un idiota se interponga en tu camino! Todas y cada una de las criaturas estúpidas que hay en el mundo se han topado conmigo. Si esto continúa así, me volveré loco y empezaré a cortar cabezas. Ellos han hecho que todo me resulte mil veces más difícil.

—No hay duda de que son suficientes motivos para que uno se ponga furioso —dijo Kemp, secamente.

XXIV

El plan que fracasó

—¿Y qué vamos a hacer nosotros ahora? —dijo Kemp, mirando por la ventana.

Se acercó a su huésped mientras le hablaba, para evitar que este pudiera ver a los tres hombres que subían a la colina, con una intolerable lentitud, según le pareció a Kemp.

—¿Qué estabas planeando cuando te dirigías a Port Burdock? ¿Tenías alguna idea?

—Me disponía a salir del país, pero he cambiado de idea

después de hablar contigo. Pensé que sería sensato, ahora que el tiempo es cálido y la invisibilidad posible, ir hacia el sur. Ahora, mi secreto ya se conoce y todo el mundo anda buscando a una persona enmascarada y embozada. Desde aquí hay una línea de barcos a vapor que va a Francia. Mi idea era embarcar y correr el riesgo del viaje. Desde allí, cogería un tren para España, o bien para Argelia. Eso no sería difícil. Allí podría ser invisible y podría vivir. Allí podría, incluso, hacer cosas. Estaba utilizando a aquel vagabundo para que me llevara el dinero y el equipaje, hasta que decidiera cómo enviar mis libros y mis cosas y hacerlos llegar hasta mí.

—Eso queda claro.

—¡Pero entonces el animal decide robarme! Ha escondido mis libros, Kemp, ¡los ha escondido! ¡Si le pongo las manos encima...!

—Lo mejor sería, en primer lugar, recuperar los libros.

—Pero, ¿dónde está? ¿Lo sabes tú?

—Está encerrado en la comisaría de policía por voluntad propia. En la celda más segura.

—¡Canalla! —dijo el hombre invisible.

—Eso retrasará tus planes.

—Tenemos que recuperar los libros. Son vitales.

—Desde luego —dijo Kemp un poco nervioso, preguntándose si lo que oía fuera eran pasos—. Desde luego que tenemos que recuperarlos. Pero eso no será muy difícil, si él no sabe lo que significan para ti.

—No —dijo el hombre invisible, pensativo.

Kemp estaba intentando pensar en algo que mantuviera la conversación, pero el hombre invisible siguió hablando.

—El haber dado con tu casa, Kemp —dijo—, cambia todos mis planes. Tú eres un hombre capaz de entender ciertas cosas. A pesar de lo ocurrido, a pesar de toda esa publicidad, de la pérdida de mis libros, de todo lo que he sufrido, todavía tenemos grandes posibilidades, enormes posibilidades... ¿No le habrás dicho a nadie que estoy aquí? —preguntó de repente.

Kemp dudó un momento.

—Claro que no —dijo.

—¿A nadie? —insistió Griffin.

—Ni un alma.

—Bien.

El hombre invisible se puso de pie y, con los brazos en jarras, comenzó a dar vueltas por el estudio.

—Cometí un error, Kemp, un grave error, al intentar llevar este asunto yo solo. He malgastado mis fuerzas, tiempo y oportunidades. Yo solo, ¡es increíble lo poco que puede hacer un hombre solo!, robar un poco, hacer un poco de daño, y ahí se acaba todo. Kemp, necesito a alguien que me ayude y un lugar donde esconderme, un sitio donde poder dormir, comer y estar tranquilo sin que nadie sospeche de mí. Tengo que tener un cómplice. Con un cómplice, comida y alojamiento se pueden hacer mil cosas. Hasta ahora, he seguido unos planes demasiado vagos. Tenemos que considerar lo que significa ser invisible y, también, lo que no significa. Tiene una ventaja mínima para espiar y para cosas de ese tipo, pues no se hace ruido. Quizá sea de más ayuda para entrar en las casas, pero, si alguien me coge, me pueden meter en la cárcel. Por otro lado, es muy difícil cogerme. De hecho, la invisibilidad es útil en dos casos: para escapar y para acercarse a los sitios. Por eso resulta muy útil para cometer asesinatos. Puedo acercarme a cualquiera, independientemente del arma que lleve, y elegir el sitio, pegar como quiera, esquivarlo como quiera y escapar como quiera.

Kemp se llevó la mano al bigote. ¿Se había movido alguien abajo?

—Y lo que tenemos que hacer, Kemp, es matar.

—Lo que tenemos que hacer es matar —repitió Kemp—. Escucho lo que dices, Griffin, pero no estoy de acuerdo contigo. ¿Por qué matar?

—No quiero decir matar sin control, sino asesinar de forma sensata. Ellos saben que hay un hombre invisible, lo mismo que nosotros sabemos que existe un hombre invisible. Y ese hombre invisible, Kemp, tiene que establecer ahora su Reinado del Terror. Sí, no cabe duda de que la idea es sobrecogedora, pero es lo que quiero decir: el Reinado del Terror. Tiene que tomar una ciudad como Burdock, por ejemplo, aterrorizar a sus habitantes y dominarla. Tiene que publicar órdenes. Puede realizar esta tarea de mil formas; podría valer, por ejemplo, echar unos cuantos papeles por debajo de las puertas. Y hay que matar a todo el que desobedezca sus órdenes, y también a todo el que lo defienda.

—¡Bah! —dijo Kemp, que ya no escuchaba a Griffin, sino el sonido de la puerta principal de la casa, que se abría y se cerraba—. Me parece, Griffin —comentó para disimular—, que tu cómplice se encontraría en una situación difícil.

—Nadie sabría que es mi cómplice —dijo el hombre invisible con ansiedad, y luego—: ¡Sssh! ¿Qué ocurre abajo?

—Nada —dijo Kemp, quien, de repente, empezó a hablar más deprisa y subiendo el tono de voz—. No estoy de acuerdo, Griffin —dijo—. Entiéndeme. No estoy de acuerdo. ¿Por qué sueñas jugar en contra de la humanidad? ¿Cómo puedes esperar alcanzar la felicidad? No te conviertas en un lobo solitario. Haz que todo el país sea tu cómplice, publicando tus resultados. Imagina lo que podrías hacer, si te ayudasen un millón de personas.

El hombre invisible interrumpió a Kemp.

—Oigo pasos que se acercan por la escalera —le dijo en voz baja.

—Tonterías —dijo Kemp.

—Déjame comprobarlo —dijo el hombre invisible, y se acercó a la puerta con el brazo extendido. Kemp lo dudó un momento e intentó impedir que lo hiciera. El hombre invisible, sorprendido, se quedó parado.

—¡Eres un traidor! —gritó la voz, abriéndose de repente la bata.

El hombre invisible se sentó y empezó a quitarse la ropa. Kemp dio tres pasos rápidos hacia la puerta, y el hombre invisible, cuyas piernas habían desaparecido, se puso de pie dando un grito. Kemp abrió la puerta.

Cuando lo hizo, se oyeron pasos que corrían por el piso de abajo y voces.

Con un rápido movimiento, Kemp empujó al hombre invisible hacia atrás, dio un salto fuera de la habitación y cerró la puerta. La llave estaba preparada. Segundos después, Griffin habría podido quedar atrapado, solo, en el estudio, pero hubo un fallo: Kemp había metido la llave apresuradamente en la cerradura, y, al dar un portazo, esta había caído en la alfombra.

Kemp quedó pálido. Intentó sujetar el pomo de la puerta

Con un rápido movimiento, Kemp empujó al hombre invisible hacia atrás, dio un salto fuera de la habitación y cerró la puerta.

con las dos manos, y estuvo así, agarrándolo, durante unos segundos, pero la puerta cedió y se abrió unos centímetros. Luego, volvió a cerrarse. La segunda vez, se abrió un poco más y la bata se metió por la abertura. A Kemp lo cogieron por el cuello unos dedos invisibles, y soltó el pomo de la puerta para defenderse; lo empujaron, tropezó y cayó en un rincón del rellano. Luego, le echaron la bata vacía encima.

El coronel Adye, al que Kemp había mandado la carta, estaba subiendo la escalera. El coronel era el jefe de policía de Burdock. Este se quedó mirando espantado ante la repentina aparición de Kemp, seguida de los aspavientos de aquella bata vacía en el aire. Vio cómo Kemp se desplomaba y forcejeaba en ponerse nuevamente de pie. Lo vio arremeter contra algo hacia adelante y desplomarse de nuevo, como si fuera un buey.

Acto seguido, le dieron, de repente, un golpe muy fuerte ¡que llegó de la nada! Le pareció que un enorme peso se le echó encima y rodó por las escaleras, con una mano apretándole la garganta y una rodilla presionándole en la ingle. Un pie invisible le pisoteó la espalda y unos pasos ligeros y fantasmales bajaron las escaleras. Oyó cómo, en el vestíbulo, los dos oficiales de policía daban un grito y salían corriendo; después, la puerta de la calle dio un gran portazo.

Se dio la vuelta y se quedó sentado, mirando. Vio a Kemp, que se tambaleaba bajando las escaleras, lleno de polvo y despeinado. Tenía un golpe en la cara, le sangraba el labio y llevaba en las manos una bata roja y algo de ropa interior.

—¡Dios mío! —gritó Kemp—. ¡Se acabó el juego! ¡Se ha escapado!

Este se quedó mirando espantado ante la repentina aparición de Kemp, seguida de los aspavientos de aquella bata vacía en el aire.

XXV

A LA CAZA DEL HOMBRE INVISIBLE

Durante un rato, Kemp fue incapaz de hacer comprender a Adye todo lo que había ocurrido. Los dos hombres se quedaron en el rellano, mientras Kemp hablaba deprisa, todavía con las absurdas ropas de Griffin en la mano. El coronel Adye empezaba a entender el asunto.

—¡Está loco! —dijo Kemp—. No es un ser humano. Es puro egoísmo. Tan solo piensa en su propio interés, en su salvación. ¡Esta mañana he podido escuchar la historia de su egoísmo! Ha herido a varios hombres y empezará a matar, a no ser que podamos evitarlo. Cundirá el pánico. Nada puede pararlo y ahora se ha escapado... ¡completamente furioso!

—Tenemos que cogerlo —dijo Adye—, de eso estoy seguro.

—Pero, ¿cómo? —gritó Kemp y, de pronto, se le ocurrieron varias ideas—. Hay que empezar ahora mismo. Tiene que emplear a todos los hombres que tenga disponibles. Hay que evitar que salga de esta zona. Una vez que lo consiga, irá por todo el país a su antojo, matando y haciendo daño. ¡Sueña con establecer un Reinado del Terror! Oiga lo que le digo: un Reinado del Terror. Tiene que vigilar los trenes, las carreteras, los barcos. Pida ayuda al ejército. Telegrafíe para pedir ayuda. Lo único que lo puede retener aquí es la idea de recuperar unos libros que le son de gran valor. ¡Ya se lo explicaré luego! Usted tiene encerrado en la comisaría a un hombre que se llama Marvel...

—Sí, sí, ya lo sé —dijo Adye—. Y también lo de esos libros. Pero el vagabundo…

—Dice que no los tiene. Pero él cree que el vagabundo los tiene. Y hay que evitar que coma o duerma; todo el pueblo debe ponerse en movimiento contra él, día y noche. Hay que guardar toda la comida bajo llave, para obligarle a ponerse en evidencia si quiere conseguirla. Habrá que cerrarle todas las puertas de las casas. ¡Y que el cielo nos envíe noches frías y lluvia! Todo el pueblo tiene que intentar cogerlo. De verdad, Adye, es un peligro, una catástrofe; si no lo capturamos, me da miedo pensar en las cosas que pueden ocurrir.

—¿Y qué más podemos hacer? —dijo Adye—. Tengo que bajar ahora mismo y empezar a organizarlo todo. Pero, ¿por qué no viene conmigo? Sí, venga usted también. Venga y preparemos una especie de consejo de guerra. Pidamos ayuda a Hopps y a los gestores del ferrocarril. ¡Por Dios!, esto es urgente. Cuénteme más cosas mientras vamos para allá. ¿Qué más podemos hacer? Y deje eso en el suelo.

Minutos después, Adye se abría camino escaleras abajo. Encontraron la puerta de la calle abierta y, fuera, a los dos policías, de pie, mirando al vacío.

—Se ha escapado, señor —dijo uno.

—Tenemos que ir a la comisaría central. Que uno de ustedes baje, busque un coche y suba a recogernos. Rápido. Y ahora, Kemp, ¿qué más podemos hacer? —dijo Adye.

—Perros —dijo Kemp—. Hay que conseguir perros. No pueden verlo, pero sí olerlo. Consiga perros.

—De acuerdo —dijo Adye—. Casi nadie lo sabe, pero los oficiales de la prisión de Halstead conocen a un hombre que tiene perros policía. Los perros ya están, ¿qué más?

—Hay que tener en cuenta —dijo Kemp— que lo que come es visible. Después de comer, se ve la comida hasta

—Tenemos que ir a la comisaría central. Que uno de ustedes baje, busque un coche y suba a recogernos. Rápido. Y ahora, Kemp, ¿qué más podemos hacer? —dijo Adye.

que la asimila; por eso tiene que esconderse siempre que come. Habrá que registrar cada arbusto, cada rincón, por tranquilo que parezca. Y habrá que guardar todas las armas o lo que pueda utilizarse como un arma. No puede llevar esas cosas durante mucho tiempo. Hay que esconder todo lo que él pueda coger para golpear a la gente.

—De acuerdo —dijo Adye—. ¡Lo atraparemos!

—Y en las carreteras... —dijo Kemp, y se quedó dudando un momento.

—¿Sí? —dijo Adye.

—Hay que echar cristal en polvo —dijo Kemp—. Ya sé que es muy cruel. Pero piense en lo que puede llegar a hacer.

Adye tomó un poco de aire.

—Eso es jugar sucio, y no estoy seguro de ello. Pero tendré preparado cristal en polvo, por si llega demasiado lejos.

—Le prometo que él ya no es un ser humano —dijo Kemp—. Estoy tan seguro de que implantará el Reinado del Terror, una vez que se haya recuperado de las emociones de la huida, como lo estoy de estar hablando con usted. Nuestra única posibilidad de éxito es adelantarnos. Él mismo se ha apartado de la humanidad. Su propia sangre caerá sobre su cabeza.

XXVI
El asesinato de Wicksteed

El hombre invisible salió de casa de Kemp ciego de ira. Agarró y tiró a un lado a un niño que jugaba cerca de la casa de Kemp, y lo hizo de manera tan violenta que le rompió un tobillo. Después, el hombre invisible desapareció durante algunas horas. Nadie sabe dónde fue, ni qué hizo. Pero podemos imaginárnoslo, corriendo colina arriba bajo el sol de aquella mañana de junio hacia los campos que había detrás de Port Burdock, rabioso y desesperado por su mala suerte y refugiándose finalmente, sudoroso y agotado, entre la vegetación de Hintondean, preparando de nuevo algún plan de destrucción hacia los de su misma especie. Parece que allí se escondió porque allí reapareció, de una forma terriblemente trágica, hacia las dos de la tarde.

Uno se pregunta cuál debió de ser su estado de ánimo durante ese tiempo y qué planes tramó. Sin duda, estaría furioso por la traición de Kemp y, aunque podemos entender los motivos que le condujeron al engaño, también podemos imaginar e, incluso, justificar, en cierta medida, la furia que la sorpresa le ocasionó. Quizá recordara la perplejidad que le produjeron sus experiencias de Oxford Street, pues había contado con la cooperación de Kemp para llevar a cabo su sueño brutal de aterrorizar al mundo. En cualquier caso, se perdió de vista alrededor del mediodía, y nadie puede decir lo que hizo hasta las dos y media, más o menos. Esto fue algo afortunado, quizá, para la humanidad, pero para él la inactividad fue fatal.

En aquel momento ya se había lanzado en su búsqueda un grupo de personas, cada vez mayor, que se repartieron por la comarca. Por la mañana no era más que una leyenda, un cuento de miedo; por la tarde, y debido, sobre todo, a la escueta exposición de los hechos por parte de Kemp, se había convertido en un enemigo tangible al que había que herir, capturar o vencer, y, para ello, toda la comarca empezó a organizarse por su cuenta con una rapidez nunca vista. Hasta las dos de la tarde podía haberse marchado de la zona cogiendo un tren, pero, después de esa hora, ya no era posible. Todos los trenes de pasajeros de las líneas entre Southampton, Brighton, Manchester y Horsham viajaban con las puertas cerradas y el transporte de mercancías había sido prácticamente suspendido. En un círculo de veinte kilómetros alrededor de Port Burdock, hombres armados con escopetas y porras se estaban organizando en grupos de tres o cuatro, que, con perros, batían las carreteras y los campos.

Policías a caballo iban por toda la comarca, deteniéndose en todas las casas para avisar a la gente que cerrara sus puertas y se quedaran dentro, a menos que estuvieran armados; todos los colegios cerraron a las tres, y los niños, asustados y manteniéndose en grupos, corrían a sus casas. La nota de Kemp, que también Adye había firmado, se colocó por toda la comarca entre las cuatro y las cinco de la tarde. En ella se podían leer, breve y claramente, las condiciones en las que se estaba llevando a cabo la lucha, la necesidad de mantener al hombre invisible alejado de la comida y del sueño, la necesidad de observar continuamente con toda atención cualquier movimiento. Tan rápida y decidida fue la acción de las autoridades y tan rápida y general la creencia en aquel extraño ser, que, antes de la caída de la noche, un área de varios cientos de kilómetros cuadrados estaba en estricto estado de alerta. Y también, antes del anochecer, una sensación de horror recorría toda aquella comarca, que seguía nerviosa. La historia del asesinato del señor Wicksteed se susurraba de boca en boca, rápidamente y con detalle, a lo largo y ancho de la comarca.

Si hacíamos bien en suponer que el refugio del hombre invisible eran los matorrales de Hintondean, tenemos que suponer también que, a primera hora de la tarde, salió de nuevo para realizar algún proyecto que implicara el uso de un arma. No sabemos de qué se trataba, pero la evidencia de que llevaba una barra de hierro en la mano, antes de encontrarse con el señor Wicksteed es aplastante, al menos para mí.

No sabemos nada sobre los detalles de aquel encuentro. Ocurrió al final de un foso que había a unos doscientos metros de la casa de Lord Burdock. La evidencia muestra una lucha desesperada: el suelo pisoteado, las numerosas heridas que sufrió el señor Wicksteed, su garrote hecho pedazos; pero es imposible imaginar por qué le atacó, a no ser que pensemos en un deseo homicida. Además, la teoría de la locura es inevitable. El señor Wicksteed era un hombre de unos cuarenta y cinco o cuarenta y seis años; era el mayordomo de Lord Burdock y de costumbres en apariencia inofensivas, la última persona en el mundo que habría provocado a tan terrible enemigo. Parece ser que el hombre invisible utilizó un trozo de valla roto. Detuvo a este hombre tranquilo que iba a comer a casa, lo atacó, venció su débil resistencia, le rompió un brazo, lo tiró al suelo y le golpeó la cabeza hasta hacérsela papilla.

Debió de haber arrancado la barra de la valla antes de encontrarse con su víctima; debía llevarla preparada en la mano. Hay un par de detalles, además de los ya expuestos, que merecen ser mencionados. Uno, el hecho de que el foso no estaba en el camino de la casa del señor Wicksteed, sino a unos doscientos metros. El otro, que, según afirma una niña que se dirigía a la escuela vespertina, vio a la víctima dando unos saltitos de manera peculiar por el campo, en dirección al foso. Según la descripción de la niña, parecía tratarse de un hombre que iba persiguiendo algo que iba por el suelo y le iba dando unos golpecitos con su bastón. Fue la última persona que lo vio vivo. Pasó por delante de los ojos de aquella niña camino de su muerte, y la lucha quedó oculta a los ojos de aquella por un grupo de hayas y por una ligera depresión del terreno.

Esto, al menos para el autor, hace que el asesinato escape a la absoluta desmotivación. Podemos creer que Griffin había arrancado la barra para que le sirviera, desde luego, como arma, pero sin que tuviera la deliberada intención de utilizarla para matar. Wicksteed pudo cruzarse en su camino y ver aquella barra, que, inexplicablemente, se movía sola, suspendida en el aire. Sin pensar en el hombre invisible, pues Port Burdock quedaba a diez kilómetros de allí, pudo haberla perseguido. Puede ser, incluso, que no hubiera oído hablar del hombre invisible. Uno podría imaginarse, entonces, al hombre invisible alejándose sin hacer ruido, para evitar que se descubriese su presencia en el vecindario, y a Wicksteed, excitado por la curiosidad, persiguiendo al objeto móvil y, por último, atacándolo.

Sin lugar a dudas, el hombre invisible se pudo haber alejado fácilmente de aquel hombre de mediana edad que lo perseguía, en circunstancias normales, pero la posición en que se encontró el cuerpo de Wicksteed hace pensar que tuvo la mala suerte de conducir a su presa a un rincón situado entre un montón de ortigas y el foso. Para los que conocen la extraordinaria irascibilidad del hombre invisible, el resto del relato ya se lo pueden imaginar.

Según la descripción de la niña, parecía tratarse de un hombre que iba persiguiendo algo que iba por el suelo y le iba dando unos golpecitos con su bastón.

Pero todo esto es solo una hipótesis. Los únicos hechos reales, ya que las historias de los niños con frecuencia no ofrecen mucha seguridad, son el descubrimiento del cuerpo de Wicksteed, muerto, y el de la barra de hierro manchada de sangre, tirada entre las ortigas. El abandono de la barra por parte de Griffin sugiere que, en el estado de excitación emocional en el que se encontraba después de lo ocurrido, abandonó el propósito por el que arrancó la barra, si es que tenía alguno. Desde luego, era un hombre egoísta y sin sentimientos, pero, al ver a su víctima, a su primera víctima, ensangrentada y de aspecto penoso, a sus pies, podría haber dejado fluir el remordimiento, cualquiera que fuese el plan de acción que había ideado.

Después del asesinato del señor Wicksteed, parece ser que atravesó la región hacia las colinas. Se dice que un par de hombres que estaban en el campo, cerca de Fern Bottom, oyeron una voz cuando el sol se estaba poniendo. Estaba quejándose y riendo, sollozando y gruñendo y, de vez en cuando, gritaba. Les debió resultar extraño oírla. Se oyó mejor cuando pasaba por el centro de un campo de árboles, y se extinguió en dirección a las colinas.

Aquella tarde el hombre invisible debió aprender algo sobre la rapidez con la que Kemp utilizó sus confidencias. Debió encontrar las casas cerradas con llave y atrancadas; debió merodear por las estaciones de tren y rondar cerca de las posadas, y, sin duda, pudo leer la nota y darse cuenta de la campaña que se estaba desarrollando en contra de él. Según avanzaba la tarde, los campos se llenaban, por distintas partes, de grupos de tres o cuatro hombres, y se escuchaba el ladrido de los perros. Aquellos cazadores de hombres tenían instrucciones especiales para ayudarse mutuamente, en caso de que se encontraran con el hombre invisible. Él los evitó a todos. Nosotros podemos entender, en parte, su furia, no era para menos, porque él mismo había dado la información que se estaba utilizando, inexorablemente, en contra suya. Al menos aquel día se desanimó; durante unas veinticuatro horas, excepto cuando tuvo el encuentro con Wicksteed, había sido un hombre perseguido. Por la noche debió comer y dormir algo porque, a la mañana siguiente, se encontraba de nuevo activo, con fuerzas, enfadado y malvado, preparado para su última gran batalla contra el mundo.

XXVII

EL ASEDIO A LA CASA DE KEMP

Kemp leyó una extraña carta escrita a lápiz en una hoja de papel que estaba muy sucio.

«Has sido muy enérgico e inteligente —decía la carta—, aunque no puedo imaginar lo que pretendes conseguir. Estás en contra mía. Me has estado persiguiendo durante todo el día; has intentado robarme la tranquilidad de la noche. Pero he comido, a pesar tuyo, y, a pesar tuyo, he dormido. El juego solo está empezando. El juego no ha hecho más que empezar. Solo queda iniciar el Terror. Esta carta anuncia el primer día de Terror. Dile a tu coronel de policía y al resto de la gente que Port Burdock ya no está bajo el mandato de la Reina. Ahora está bajo mi mandato, ¡el del Terror! Este es el primer día del primer año de una nueva época: la época del Hombre Invisible. Yo soy El Hombre Invisible I.

Empezar será muy fácil. El primer día habrá una ejecución que sirva de ejemplo, la de un hombre llamado Kemp. La muerte le llegará hoy. Puede encerrarse con llave, puede esconderse, puede rodearse de guardaespaldas o ponerse una armadura, si así lo desea; la Muerte, la Muerte invisible está cerca. Dejémosle que tome precauciones; impresionará a mi pueblo. La muerte saldrá del buzón al mediodía. La carta caerá cuando el cartero se acerque. El juego va a empezar. La Muerte llega. No le ayuden, pueblo mío, si no quieren que la Muerte caiga también sobre ustedes. Kemp va a morir hoy.»

Kemp leyó la carta dos veces.

—¡No es ninguna broma! —dijo—. Son sus palabras y habla en serio.

Dobló la hoja por la mitad y vio al lado de la dirección el sello de correos de Hintondean, y el detalle de mal gusto: «dos peniques a pagar».

Se levantó sin haber terminado de comer (la carta había llegado en el correo de la una) y subió al estudio. Llamó al ama de llaves y le dijo que se diese una vuelta por toda la casa para asegurarse de que todas las ventanas estaban cerradas y para que cerrase las contraventanas. Él mismo cerró las contraventanas del estudio. De un cajón del dormitorio, sacó un pequeño revólver, lo examinó cuidadosamente, y se lo metió en el bolsillo de la chaqueta. Escribió una serie de notas muy breves: una, dirigida al coronel Adye, se la dio a la muchacha para que se la llevara, con instrucciones específicas sobre cómo salir de la casa.

—No hay ningún peligro —le dijo, y añadió mentalmente: «Para ti».

Después de hacer esto, se quedó pensativo un momento y, luego, volvió a la comida, que se le estaba enfriando.

Mientras comía, pensaba. Luego, dio un golpe muy fuerte en la mesa.

—¡Lo atraparemos! —dijo—; y yo seré el cebo. Ha llegado demasiado lejos.

Subió al mirador, cuidándose de cerrar todas las puertas tras de sí.

—Es un juego —dijo—, un juego muy extraño, pero tengo todos los ases a mi favor, Griffin, a pesar de tu invisibilidad. Griffin contra el mundo... ¡con una venganza! —se paró en la ventana, mirando a la colina calentada por el sol.

—Todos los días tiene que comer, no lo envidio. ¿Habrá dormido esta noche? Habrá sido en algún sitio, por ahí fuera, a salvo de cualquier emergencia. Me gustaría que hiciese frío y que lloviese, en lugar de este calor. Quizá me esté observando en este mismo instante.

Se acercó a la ventana. Algo golpeó secamente los ladrillos afuera, y dio un respingo.

—Me estoy poniendo nervioso —dijo Kemp, y pasaron cinco minutos antes de que se volviera a acercar a la ventana—. Debe haber sido algún gorrión —dijo.

En ese momento oyó cómo llamaban a la puerta de entrada y bajó corriendo las escaleras. Descorrió el cerrojo, abrió, miró con la cadena puesta, la soltó y abrió con precaución, sin exponerse. Una voz familiar le dijo algo. Era Adye.

—¡Ha asaltado a tu sirviente, Kemp! —dijo, desde el otro lado.

—¿Qué? —exclamó Kemp.

—Le ha quitado la nota que usted le dio. Tiene que estar por aquí cerca. Déjeme entrar.

Kemp quitó la cadena, y Adye entró, abriendo la puerta lo menos posible. Se quedó de pie en el vestíbulo, mirando con un alivio infinito cómo Kemp aseguraba la puerta de nuevo.

—Le quitó la nota de la mano y ella se asustó terriblemente. Está en la comisaría de policía, completamente histérica. Debe estar cerca de aquí. ¿Qué quería decirme?

Kemp empezó a perjurar.

—Qué tonto he sido —dijo Kemp—. Debí suponerlo. Hintondean está a menos de una hora de camino de este lugar.

—¿Qué ocurre? —dijo Adye.

—¡Venga y mire! —dijo Kemp, y condujo al coronel Adye a su estudio. Le enseñó al coronel la carta del hombre invisible. Adye la leyó y emitió un silbido.

—¿Y usted... ? —dijo Adye.

—Me proponía tenderle una trampa... soy un tonto —dijo Kemp—, y le envié mi propuesta con una criada.

Adye, como lo había hecho antes Kemp, empezó a perjurar.

—Quizá se marche —dijo Adye.

—No lo hará —dijo Kemp.

Se oyó el ruido de cristales rotos, que venía de arriba. Adye vio el destello plateado del pequeño revólver, que asomaba por el bolsillo de Kemp.

—¡Es la ventana de arriba! —dijo Kemp, y subió corriendo. Mientras se encontraba en las escaleras, se oyó un segundo ruido. Cuando entraron en el estudio, se encontraron con que dos de las tres ventanas estaban rotas, y los cristales es-

—¡Venga y mire! —dijo Kemp, y condujo al coronel Adye a su estudio. Le enseñó al coronel la carta del hombre invisible. Adye la leyó y emitió un silbido.

parcidos por casi toda la habitación. Encima de la mesa había una piedra enorme. Los dos hombres se quedaron parados en el umbral de la puerta, contemplando el destrozo. Kemp empezó a lanzar maldiciones y, mientras lo hacía, la tercera ventana se rompió con un ruido como el de un pistoletazo. Se mantuvo un momento así, y cayó, haciéndose mil pedazos, dentro de la habitación.

—¿Por qué lo ha hecho? —preguntó Adye.

—Es el comienzo —dijo Kemp.

—¿No hay forma de subir aquí?

—Ni siquiera para un gato —dijo Kemp.

—¿No hay contraventanas?

—Aquí no, pero sí las hay en todas las ventanas del piso de abajo. ¿Qué ha sido eso?

En el piso de abajo se oyó el ruido de un golpe, y después, cómo crujían las maderas.

—¡Maldito sea! —dijo Kemp—. Eso tiene que haber sido... sí, en uno de los dormitorios. Lo va a hacer con toda la casa. Está loco. Las contraventanas están cerradas y los cristales caerán hacia fuera. Se va a cortar los pies.

Se oyó cómo se rompía otra ventana. Los dos hombres se quedaron en el rellano de la escalera, perplejos.

—¡Ya lo tengo! —dijo Adye—. Déjeme un palo o algo por el estilo, e iré a la comisaría para traer los perros. ¡Eso tiene que detenerle! No me llevará más de diez minutos.

Otra ventana se rompió, como había sucedido con las otras.

—¿No tiene un revólver? —preguntó Adye.

Kemp se metió la mano en el bolsillo, dudó un momento y dijo:

—No, no tengo ninguno... por lo menos que me sobre.

—Se lo devolveré más tarde —dijo Adye—. Usted está a salvo aquí dentro.

Kemp, avergonzado por su momentáneo lapso de honradez, le dio el arma.

—Bueno, vayamos hacia la puerta —dijo Adye.

Mientras se quedaron dudando un momento en el vestíbulo, oyeron el ruido de una ventana de un dormitorio del primer piso, que se hacía pedazos. Kemp se dirigió a la puerta y empezó a descorrer los cerrojos, haciendo el menor ruido posible. Estaba un poco más pálido de lo normal. Un momento después, Adye se encontraba ya fuera y los cerrojos volvían a su sitio. Dudó qué hacer durante un momento, sintiéndose mucho más seguro apoyado de espaldas contra la puerta. Después empezó a caminar, erguido y recto, y bajó los escalones. Atravesó el jardín en dirección a la verja. Le pareció que algo se movía a su lado.

—Espere un momento —dijo una voz, y Adye se paró en seco y agarró el revólver mucho más fuerte.

—¿Y bien? —dijo Adye, pálido y solemne, con todos los nervios en tensión.

—Hágame el favor de volver a la casa —dijo la voz, con la misma solemnidad con que le había hablado Adye.

—Lo siento —dijo Adye con la voz un poco ronca, y se humedeció los labios con la lengua. Pensó que la voz venía del lado izquierdo y supuso que podría probar suerte, disparando hacia allí.

—¿A dónde va? —dijo la voz, y los dos hombres hicieron un rápido movimiento, mientras un rayo de sol se reflejó en el bolsillo de Adye.

Adye desistió de su intento, y añadió:

—Donde vaya —dijo lentamente— es cosa mía.

No había terminado aquellas palabras cuando un brazo lo agarró del cuello, notó una rodilla en la espalda y cayó hacia atrás. Se incorporó torpemente y malgastó un disparo. Unos segundos después recibía un puñetazo en la boca y le arrebataban el revólver de las manos. En vano intentó agarrar un brazo que se le escurría, trató de levantarse y volvió a caer al suelo.

—¡Maldito sea! —dijo Adye. La voz soltó una carcajada.

—Le mataría ahora mismo, si no tuviera que malgastar una bala —dijo.

Adye vio el revólver suspendido en el aire, a unos seis pasos de él, apuntándole.

—Está bien —dijo Adye, sentándose en el suelo.

—Levántese —exclamó la voz.

Adye se levantó.

—Escúcheme con atención —ordenó la voz, y continuó con furia—: No intente hacerme una jugarreta. Recuerde que yo puedo ver su cara y usted, sin embargo, no puede ver la mía. Tiene que volver a la casa.

—Él no me dejaría entrar —señaló Adye.

—Es una pena —dijo el hombre invisible—. No tengo nada contra usted.

Adye se humedeció los labios otra vez. Apartó la vista del cañón del revólver y, a lo lejos, vio el mar, azul oscuro, bajo los rayos del sol del mediodía, el campo verde, el blanco acantilado y la ciudad populosa; de pronto, comprendió lo dulce que era la vida. Sus ojos volvieron a aquella cosita de metal que se sostenía entre el aire y la tierra, a unos pasos de él.

—Escúcheme con atención —ordenó la voz, y continuó con furia—: No intente hacerme una jugarreta. Recuerde que yo puedo ver su cara y usted, sin embargo, no puede ver la mía. Tiene que volver a la casa.

—¿Qué podría yo hacer? —dijo, taciturno.

—¿Y qué podría hacer yo? —preguntó el hombre invisible—. Usted iba a buscar ayuda. Lo único que tiene que hacer ahora es volver atrás.

—Lo intentaré. Pero, si Kemp me deja entrar, ¿me promete que no se abalanzará contra la puerta?

—No tengo nada contra usted —dijo la voz.

Kemp, después de dejar fuera a Adye, había subido arriba a toda prisa; ahora se encontraba agachado entre los cristales rotos y miraba cautelosamente hacia el jardín, desde el alféizar de una ventana del estudio. Desde allí, vio cómo Adye parlamentaba con el hombre invisible.

—¿Por qué no dispara? —se preguntó Kemp.

Entonces, el revólver se movió un poco, y el reflejo del sol le dio a Kemp en los ojos, que se los cubrió mientras trataba de ver de dónde provenía aquel rayo cegador.

«Está claro», se dijo, «que Adye le ha entregado el revólver.

—Prométame que no se abalanzará sobre la puerta —le estaba diciendo Adye al hombre invisible—. No lleve el juego demasiado lejos, usted lleva las de ganar. Dele una oportunidad.

—Usted vuelva a la casa. Le digo por última vez que no puedo prometerle nada.

Adye pareció tomar una rápida decisión. Se volvió hacia la casa, caminando lentamente con las manos en la espalda. Kemp lo observaba, asombrado. El revólver desapareció, volvió a aparecer y desapareció de nuevo. Al final, después de mirarlo fijamente, se hizo evidente cómo un pequeño objeto oscuro que seguía a Adye. Después, todo ocurrió rápidamente. Adye dio un salto atrás, se volvió y se abalanzó

Después, todo ocurrió rápidamente. Adye dio un salto atrás, se volvió y se abalanzó sobre aquel objeto, perdiéndolo; luego levantó las manos y cayó de bruces al suelo, levantando una especie de humareda azul en el aire.

sobre aquel objeto, perdiéndolo; luego levantó las manos y cayó de bruces al suelo, levantando una especie de humareda azul en el aire. Kemp no oyó el disparo. Adye se retorció en el suelo, se apoyó en un brazo para incorporarse y volvió a caer, inmóvil.

Durante unos minutos, Kemp se quedó mirando el cuerpo inmóvil de Adye. La tarde era calurosa y estaba tranquila; nada parecía moverse en el mundo, excepto una pareja de mariposas amarillas, persiguiéndose la una a la otra por los matorrales que había entre la casa y la carretera. Adye yacía en el suelo, cerca de la verja. Las persianas de todas las casas de la colina estaban bajadas. En una glorieta, se veía una pequeña figura blanca. Aparentemente, era un viejo que dormía. Kemp miró los alrededores de la casa para ver si localizaba el revólver, pero había desaparecido. Sus ojos se volvieron a fijar en Adye. El juego ya había comenzado.

En ese momento, llamaron a la puerta principal, tocaron a la vez el timbre y con los nudillos. Las llamadas cada vez eran más fuertes, pero, siguiendo las instrucciones de Kemp, todos los criados se habían encerrado en sus habitaciones. A esto siguió un silencio total. Kemp se sentó a escuchar y, después, empezó a mirar cuidadosamente por las tres ventanas del estudio, una tras otra. Se dirigió a la escalera y se quedó allí escuchando, inquieto. Se armó con el atizador de la chimenea de su habitación y bajó a cerciorarse de que las ventanas del primer piso estaban bien cerradas. Todo estaba tranquilo y en silencio. Volvió al mirador. Adye yacía inmóvil, tal y como había caído. Subiendo por entre las casas de la colina venía el ama de llaves, acompañada de dos policías.

Todo estaba envuelto en un silencio de muerte. Daba la impresión de que aquellas tres personas se estaban acercando demasiado lentamente. Se preguntó qué estaría haciendo su enemigo.

De pronto, se oyó un golpe que venía de abajo, y se sobresaltó. Dudó un instante y decidió volver a bajar. De repente, la casa empezó a hacer eco de fuertes golpes y de maderas que se astillaban. Luego oyó otro golpe, y el caer de los cierres de hierro de las contraventanas. Hizo girar la llave y abrió la puerta de la cocina. Cuando lo hacía, volaron hacia él las astillas de las contraventanas. Se quedó horrorizado. El marco de la ventana estaba todavía intacto, pero solo quedaban en él pequeños restos de cristales. Las contraventanas habían sido destrozadas con un hacha, y ahora esta se dejaba caer con violentos golpes sobre el marco de la ventana y las barras de hierro que la defendían. De repente, cayó a un lado y desapareció. Kemp pudo ver el revólver fuera, y cómo este ascendía en el aire. Él se echó hacia atrás. El revólver disparó demasiado tarde, y una astilla de la puerta, que se estaba cerrando, le cayó en la cabeza. Acabó de cerrar con un portazo y echó la llave, y, mientras estaba fuera, oyó a Griffin gritar y reírse. Después se reanudaron los golpes del hacha con aquel acompañamiento de astillas y estrépitos.

Kemp se quedó en el pasillo, intentando pensar en algo. Dentro de un instante, el hombre invisible entraría en la cocina. Aquella puerta no lo retendría mucho tiempo y entonces...

Volvieron a llamar a la puerta principal otra vez. Quizá fuesen los policías. Kemp corrió al vestíbulo, quitó la cadena y descorrió los cerrojos. Hizo que la chica dijese algo antes de soltar la cadena, y las tres personas entraron en la casa de golpe, dando un portazo.

—¡El hombre invisible! —dijo Kemp—. Tiene un revólver y le quedan dos balas. Ha matado a Adye o, por lo menos, le ha disparado. ¿No lo han visto tumbado en el césped?

—¿A quién? —dijo uno de los policías.

—A Adye —contestó Kemp.

—Nosotros hemos venido por la parte de atrás —añadió la muchacha.

—¿Qué son esos golpes? —preguntó un policía.

—Está en la cocina o lo estará dentro de un momento. Ha encontrado un hacha.

De repente, la casa entera se llenó del eco de los hachazos que daba el hombre invisible en la puerta de la cocina. La muchacha se quedó mirando a la puerta, se asustó y volvió al comedor. Kemp intentó explicarse con frases entrecortadas. Luego oyeron cómo cedía la puerta de la cocina.

—¡Por aquí! —gritó Kemp, y se puso en acción, empujando a los policías hacia la puerta del comedor.

—¡El atizador! —dijo, y corrió hacia la chimenea. Le dio un atizador a cada policía. De pronto, se echó hacia atrás.

—¡Oh! —exclamó un policía y, agachándose, dio un golpe al hacha con el atizador. El revólver disparó una penúltima bala y destrozó un valioso Sidney Cooper. El otro policía dejó caer el atizador sobre el arma, como quien intenta matar a una avispa, y lo lanzó, rebotando, al suelo.

Al primer golpe, la muchacha lanzó un grito y se quedó chillando al lado de la chimenea; después, corrió a abrir las contraventanas, quizá con la idea de escapar por allí.

El hacha retrocedió y se quedó a unos dos pies del suelo. Todos podían escuchar la respiración del hombre invisible.

—Ustedes dos, márchense —dijo—, solo quiero a Kemp.

—Nosotros te queremos a ti —dijo un policía, dando un paso rápido hacia adelante, y empezando a dar golpes con el atizador hacia el lugar de donde él creía que salía la voz. El hombre invisible debió retroceder y tropezar con el paragüero. Después, mientras el policía se tambaleaba debido al impulso del golpe que le había dado, el hombre invisible le atacó con el hacha, le dio un golpe en el casco, que se rasgó como el papel, y el hombre se cayó al suelo, dándose con la cabeza en las escaleras de la cocina. Pero el segundo policía, que iba detrás del hacha con el atizador en la mano, pinchó algo blando. Se escuchó un agudo grito de dolor, y el hacha cayó al suelo. El policía arremetió de nuevo al vacío, pero esta vez no golpeó nada; pisó el hacha y golpeó de nuevo. Después se quedó parado, blandiendo el atizador, intentando apreciar el más mínimo movimiento.

Oyó cómo se abría la ventana del comedor y unos pasos que se alejaban. Su compañero se dio la vuelta y se sentó en el suelo. Le corría la sangre por la cara.

—¿Dónde está? —preguntó.

—No lo sé. Lo he herido. Estará en algún sitio del vestíbulo, a menos que pasase por encima de ti. ¡Doctor Kemp... señor!

Hubo un silencio.

—¡Doctor Kemp! —gritó de nuevo el policía.

El otro policía intentó recuperar el equilibrio. Se puso de pie. De repente, se pudieron oír los débiles pasos de unos pies descalzos en los escalones de la cocina.

—¡Ahí está! —gritó la policía, quien no pudo contener dar un golpe con el atizador, pero rompió un brazo de una lámpara de gas.

Hizo ademán de perseguir al hombre invisible, bajando las escaleras, pero lo pensó mejor y volvió al comedor.

—¡Doctor Kemp! —empezó y se paró de repente—. El doctor Kemp es un héroe —dijo, mientras que su compañero lo miraba por encima del hombro. La ventana del comedor estaba abierta de par en par, y no se veía ni a la muchacha ni a Kemp.

La opinión del otro policía sobre Kemp era concisa y bastante imaginativa.

XXVIII
El cazador cazado

El señor Heelas, el vecino más próximo del señor Kemp, estaba durmiendo en la glorieta de su jardín mientras tenía lugar el asedio en la casa de Kemp. El señor Heelas era uno de esa gran minoría que no creía en «todas esas tonterías» sobre un hombre invisible. Su esposa, sin embargo, como más tarde le recordaría a menudo, sí creía. Insistió en dar un paseo por su jardín, como si no ocurriera nada, y fue a echarse una siesta, tal y como venía haciendo desde hacía años. Durmió sin enterarse del ruido de las ventanas, pero se despertó repentinamente con la extraña intuición de que algo malo estaba ocurriendo. Miró a la casa de Kemp, se frotó los ojos y volvió a mirar. Después, bajó los pies al suelo y se quedó sentado, escuchando. Pensó que estaba condenado mientras todavía veía aquella cosa tan extraña. La casa parecía estar vacía desde hacía semanas, como si hubiese tenido lugar un ataque violento. Todas las ventanas estaban destrozadas, y todas, excepto las del mirador, tenían cerradas las contraventanas.

—Habría jurado que todo estaba en orden —y miró su reloj— hace veinte minutos.

Entonces, empezó a oír una especie de conmoción y ruidos de cristales que llegaban de lejos. Y después, mientras estaba sentado con la boca abierta, tuvo lugar un hecho todavía más extraño. Las contraventanas de la ventana del comedor se abrieron de par en par, violentamente, y el ama de llaves, con sombrero y ropa de calle, apareció, luchando con todas sus fuerzas para levantar la hoja de la ventana. De pronto, un hombre apareció detrás de ella, ayudándola. ¡Era el doctor Kemp! Un momento después se abría la ventana, y la criada saltaba fuera de la casa, se echaba a correr y desaparecía entre los arbustos. El señor Heelas se puso de pie y lanzó una vaga exclamación con toda vehemencia al contemplar aquellos extraños acontecimientos. Vio cómo Kemp se ponía de pie en el alféizar, saltaba afuera y reaparecía, casi instantáneamente, corriendo por el jardín entre los matorrales. Mientras corría, se paró, como si no quisiera que le vieran. Desapareció detrás de un arbusto, y apareció más tarde, trepando por una valla que daba al campo. No tardó ni dos segundos en saltarla; y luego echó a correr todo lo deprisa que pudo por el camino que bajaba a la casa del señor Heelas.

—¡Dios mío! —gritó el señor Heelas, mientras le asaltaba una idea—. ¡Debe ser el hombre invisible! Después de todo, quizá sea verdad.

Cuando el señor Heelas pensaba en cosas de este tipo, actuaba inmediatamente, y su cocinera, que lo estaba viendo desde la ventana, se quedó asombrada, al verlo venir hacia la casa, corriendo tan rápido como lo hacía. Se oyó un portazo, el sonido de la campanilla y el señor Heelas, que bramaba como un toro:

—¡Cierren las puertas, cierren las ventanas, ciérrenlo todo! ¡Viene el hombre invisible!

Inmediatamente, en la casa, se oyeron gritos y pasos que iban en todas direcciones. Él mismo cerró las ventanas que daban a la terraza. Mientras lo hacía, aparecieron la cabeza, los hombros y una rodilla de Kemp por el borde de la valla del jardín. Un momento después, Kemp se había echado encima de la esparraguera del jardín y corría por la cancha de tenis en dirección a la casa.

—No puede entrar aquí —le dijo el señor Heelas, corriendo los cerrojos—. ¡Siento mucho que lo esté persiguiendo, pero aquí no puede entrar!

Kemp pegó su rostro aterrorizado al cristal, llamó y después empezó a sacudir frenéticamente el ventanal. Entonces, al ver que sus esfuerzos eran inútiles, atravesó la terraza, dio la vuelta por uno de sus lados y empezó a golpear con el puño la puerta lateral. Después, giró por la parte delantera de la casa y salió corriendo por la colina. El señor Heelas, que estaba viendo todo por la ventana, completamente aterrorizado, apenas pudo observar cómo Kemp desaparecía, antes de ver cómo estaban pisando sus espárragos unos pies invisibles. El señor Heelas subió disparado al piso de arriba y ya no pudo ver el resto de la persecución, pero oyó cómo la verja del jardín se cerraba de un portazo.

Kemp pegó su rostro aterrorizado al cristal, llamó y después empezó a sacudir frenéticamente el ventanal.

Al llegar a la carretera, el doctor Kemp, naturalmente, tomó la dirección del pueblo y, de esta forma, él mismo protagonizó la carrera que solo cuatro días antes había observado con ojos tan críticos. Corría bastante bien, para no ser un hombre acostumbrado a ello, y, aunque estaba pálido y sudoroso, no perdía la serenidad. Daba grandes zancadas y, cada vez que se encontraba con algún trozo en mal estado o con piedras o un trozo de cristal que brillaba con el reflejo del sol, saltaba por encima y dejaba que los pies invisibles y desnudos que lo estaban persiguiendo los salvaran como pudieran.

Por primera vez en su vida, Kemp se dio cuenta de lo larga y solitaria que era la carretera de la colina, y que las primeras casas de la ciudad, que quedaban a los pies de la colina, estaban increíblemente lejos. Pensó que nunca había existido una forma más lenta y dolorosa de desplazarse que corriendo. Todas aquellas casas lúgubres, que dormían bajo el sol de la tarde, parecían cerradas y aseguradas; sin duda lo habían hecho siguiendo sus propias órdenes. Pero, en cualquier caso, ¡deberían haber echado un vistazo de vez en cuando ante una eventualidad de este tipo! Ahora, la ciudad se iba acercando y el mar había desaparecido de su vista detrás de ella. Empezaba a ver gente que se movía allí abajo. Un tranvía llegaba en ese momento al pie de la colina. Un poco más allá estaba la comisaría de policía. ¿Seguía escuchando pasos detrás de él? Aceleró.

La gente del pueblo se le quedaba mirando; una o dos personas salieron corriendo y empezó a notar que le faltaba la respiración. Tenía el tranvía bastante cerca, y la posada Jolly Cricketers estaba cerrando sus puertas. Detrás del tranvía había unos postes y unos montones de grava. Debía tratarse de las obras del alcantarillado. A Kemp le pasó por la cabeza subir al tranvía en marcha y cerrar las puertas, pero decidió dirigirse a la comisaría. Un momento después pasaba por delante de la puerta del Jolly Cricketers y llegaba al final de la calle. Había varias personas a su alrededor. El conductor del tranvía y su ayudante, asombrados por la prisa que llevaba, se quedaron mirándolo, sin atender a los caballos del tranvía. Un poco más allá aparecieron los rostros sorprendidos de los peones camineros, encima de los montones de grava.

Aflojó un poco el paso y, entonces, pudo oír las rápidas pisadas de su perseguidor, y volvió a apresurarse.

—¡El hombre invisible! —gritó a los peones camineros con un débil gesto indicativo, y, por una repentina inspiración, saltó por encima de la zanja, dejando, de esta manera, a un grupo de hombres entre él y su perseguidor. Después, abandonando la idea de dirigirse a la comisaría, se metió por una calleja lateral, empujó la carreta de un vendedor de verduras y dudó durante unas décimas de segundo en la puerta de una pastelería, hasta que decidió entrar por una bocacalle que daba a la calle principal. Dos o tres niños estaban jugando y, cuando lo vieron aparecer, salieron corriendo y gritando. Acto seguido, las madres, nerviosas, salieron a las puertas y ventanas. Volvió a salir de nuevo a la calle principal, a unos trescientos metros del final del tranvía, e inmediatamente se dio cuenta de que la gente había echado a correr gritando.

Miró colina arriba. Apenas a unas doce yardas de él corría un peón caminero enorme, soltando maldiciones y dando

—¡El hombre invisible! —gritó a los peones camineros con un débil gesto indicativo...

golpes con una pala. Detrás de él, venía el conductor del tranvía con los puños cerrados. Más arriba, otras personas seguían a estas dos, dando golpes en el aire y gritando. Hombres y mujeres corrían cuesta abajo, en dirección a la ciudad, y pudo ver claramente a un hombre que salía de su establecimiento con un bastón en la mano.

—¡Dispérsense, dispérsense! —gritó alguien.

Entonces, de repente, Kemp se dio cuenta de que se habían cambiado los términos de la persecución. Se paró, miró a su alrededor y gritó:

—¡Está por aquí cerca! ¡Formen una línea...!

En ese momento le dieron un golpe detrás del oído y, tambaleándose, intentó darse la vuelta para mirar a su enemigo invisible. Apenas pudo conseguir mantenerse en pie y dio un manotazo, en vano, al aire. Después le dieron un golpe en la mandíbula y cayó al suelo. Un momento después, una rodilla le oprimía el diafragma y un par de hábiles manos (una era más débil que la otra) le agarraban por la garganta; él las cogió por las muñecas, oyó el grito de dolor que daba su asaltante, y, poco después, la pala del peón caminero cortaba el aire por encima de él, para ir a dar sobre algo, con todo su peso. Sintió que una gota húmeda le caía en la cara. La presión de su garganta cedió repentinamente y, con gran esfuerzo, se liberó, agarró un hombro desnudo y se quedó mirando hacia arriba. Sujetó, luego, los codos invisibles muy cerca del suelo.

—¡Lo tengo! —gritó Kemp—. ¡Socorro! ¡Ayúdenme! ¡Lo tengo aquí abajo! ¡Agárrenlo por los pies!

Al instante, todo el mundo se dirigió al lugar donde se estaba desarrollando la lucha; un extranjero que hubiese llegado a aquella calle habría pensado que se trataba de una forma excepcionalmente salvaje de jugar al rugby. No se oyó ningún grito después del que diera Kemp, solo se oían puñetazos, patadas y el ruido de una pesada respiración.

Después, con un enorme esfuerzo, el hombre invisible se liberó de un par de personas que lo estaban atacando y se puso de rodillas. Kemp se agarró a él como un perro a su presa, y una docena de manos empezaron a coger, golpear y arañar al hombre invisible. El conductor del tranvía lo agarró por el cuello y los hombros y lo forzó hacia atrás.

El grupo de hombres se volvió a echar al suelo y le pisotearon. Algunos, me temo, le golpearon salvajemente. De repente, se oyó un grito salvaje:

—¡Piedad! ¡Piedad! —chilló Kemp, con voz apagada, y todas aquellas figuras se echaron atrás—. ¡Les digo que está herido, apártense!

Tuvo lugar una breve lucha por dejar espacio libre, y aquel círculo de ojos ansiosos vio al doctor Kemp arrodillado, en el aire, al parecer, agarrando unos brazos invisibles. Detrás de él, un policía sujetaba unos tobillos invisibles también.

—No lo dejen escapar —gritó el peón caminero, cogiendo la pala manchada de sangre—. Está fingiendo.

—No está fingiendo —dijo el doctor, levantando un poco la rodilla—, yo lo sujetaré —tenía la cara magullada y se le estaba poniendo roja; hablaba pesadamente porque tenía un labio partido. Le soltó un brazo y pareció que le tocaba la cara—. Tiene la boca completamente mojada —dijo, y prosiguió—: ¡Dios mío!

De pronto se puso de pie y volvió a arrodillarse al lado del hombre invisible. Todo el mundo se empujaba y llegaban nuevos espectadores, que aumentaban la presión de todo el grupo. Ahora, la gente estaba empezando a salir fuera de sus casas. Las puertas del Jolly Cricketers se abrieron de par en par. Nadie se atrevía a hablar.

Kemp empezó a palpar aquello y parecía que estaba tocando el aire.

—No respira —dijo, y siguió—: No le late el corazón y en su costado... ¡oh!

De repente, una vieja que miraba la escena por debajo del brazo del peón caminero gritó:

—¡Miren allí! —y señaló con el dedo.

Y, mirando hacia donde ella señalaba, todos vieron, débil y transparente, como si fuera de cristal, que se distinguían perfectamente las venas, las arterias, los huesos y los nervios, la silueta de una mano flácida e inerte. A medida que la miraban, parecía adquirir un color más oscuro y parecía volverse opaca.

—¡Miren! —dijo el policía—. Los pies también están empezando a distinguírsele.

Y así, lentamente, empezando por las manos y los pies, y siguiendo por otros miembros, hasta los puntos vitales del cuerpo, aquel cambio tan extraño continuaba su proceso. Era como la lenta propagación del veneno. Primero se empezaron a distinguir los nervios, blancos y delgados, dibujando el entorno confuso y grisáceo de un miembro, después, los huesos, que parecían de cristal, y las arterias; luego, la carne y la piel; todo ello como una bruma, al principio, pero después rápidamente, denso y opaco. En ese momento se podía ver el pecho aplastado y los hombros y las facciones de la cara, completamente destrozadas.

—No respira —dijo, y siguió—: No le late el corazón y en su costado... ¡oh!

Cuando, finalmente, aquella multitud hizo sitio a Kemp para que pudiera ponerse de pie, allí yacía, desnudo y digno de compasión, en el suelo, el cuerpo magullado de un joven de unos treinta años. Tenía el cabello y la barba blancos, pero no blancos por la edad, sino del color blanco de los albinos; sus ojos parecían granates. Tenía las manos apretadas y en su expresión se confundía la ira con el desaliento.

—¡Tápenle el rostro! —dijo un hombre—. ¡Por el amor de Dios, tápenle ese rostro! —Y tres niños que habían logrado abrirse paso entre la multitud fueron obligados a volver sobre sus pasos y salir del grupo.

Alguien trajo una sábana del Jolly Cricketers, y, una vez cubierto, lo metieron en esa misma casa. Y ahí estaba, en una sucia cama, en una habitación mal iluminada y de mal gusto, rodeado por una multitud de gente ignorante y sobresaltada, roto y herido, traicionado y vilificado. Griffin, el primero de todos los hombres en hacerse invisible; Griffin, el físico más inteligente que el mundo ha visto jamás, terminó su extraña y terrible carrera en infinito desastre.

Epílogo

Así termina la historia del extraño y diabólico experimento del hombre invisible. Si quieres saber algo más de él, tienes que ir a una pequeña posada cerca de Port Stowe y hablar con el dueño. El emblema de la posada es un letrero que solo tiene dibujados un sombrero y unas botas, y cuyo nombre es el título de este libro. El posadero es un hombre bajito y corpulento, con una nariz grande y redonda, el pelo pincho y una cara que se pone colorada alguna que otra vez. Bebe mucho y él te contará muchas cosas de las que le ocurrieron después de aquello, y de cómo los jueces intentaron despojarlo del tesoro que tenía en su poder.

—Cuando se dieron cuenta de que no podían probar de quién era el dinero que tenía —decía—, ¡que me aspen si no intentaron acusarme de buscador de tesoros! ¿Tengo yo aspecto de buscador de tesoros? Luego, un caballero me dijo que me daría una guinea por noche si contaba la historia en el Empire Music Hall, solo por contarla con mis propias palabras. Y, si quieres interrumpir la ola de recuerdos de repente, puedes hacerlo preguntándole si, en el relato, no aparecían tres manuscritos. Él reconocerá que los había y te dirá que todo el mundo cree que él los tiene, pero no es así.

—El hombre invisible se los llevó para esconderlos, mientras yo corría hacia Port Stowe. Ese señor Kemp metió a la gente en la cabeza la idea de que yo los tenía.

Luego se quedará pensativo, te mirará de reojo, secará los vasos, nervioso, y saldrá del bar.

Es soltero, siempre lo fue, y en la casa no hay mujeres. Por fuera lleva botones, como se espera de él, pero, si hablamos de objetos privados, como los tirantes, por ejemplo, aún se pone unas cuerdas. Lleva la posada sin el menor espíritu de empresa pero con el mayor decoro. Es lento de reflejos y un gran pensador. En el pueblo tiene fama de sensato y de tener una respetable parsimonia, y sus conocimientos sobre las carreteras del sur de Inglaterra sobrepasan a los de Cobbett.

Los domingos por la mañana, todos los domingos del año por la mañana, cuando se encierra en su mundo, y todas las noches después de las diez, se encierra en un salón

—Están llenos de secretos —dice—, ¡de maravillosos secretos! El día que sepa lo que quieren decir... ¡Dios mío! Desde luego, no haré lo que él hizo; yo solo... ¡bien! —y chupa su pipa.

de la posada con un vaso de ginebra con un poco de agua; entonces, deja el vaso en una mesa, echa la llave y examina las persianas e, incluso, mira debajo de la mesa. Después, cuando se cerciora de que está solo, abre el armario, saca una caja que también abre, y de esta, otra y, de la última, saca tres libros, encuadernados en cuero marrón, y los coloca con toda solemnidad en la mesa. Las cubiertas están desgastadas y teñidas de un verde parduzco, pues una vez estuvieron metidas en una zanja, y algunas páginas no se pueden leer porque lo borró todo el agua sucia. El posadero, entonces, se sienta en un sillón, llena una pipa, larga y de barro, contemplando mientras tanto los libros. Después, acerca uno y empieza a estudiarlo, pasando las páginas una y otra vez. Frunce el ceño y mueve los labios.

—Equis, un dos pequeño en el aire, una cruz y más tonterías. ¡Dios mío! ¡Qué cabeza tenía!

Luego se relaja y se echa hacia atrás y mira, entre el humo, las cosas que son invisibles para otros ojos.

—Están llenos de secretos —dice—, ¡de maravillosos secretos! El día que sepa lo que quieren decir... ¡Dios mío! Desde luego, no haré lo que él hizo; yo solo... ¡bien! —y chupa su pipa.

Así se queda dormido, pensando en el sueño constante y maravilloso de su vida. Y, aunque Kemp los ha buscado sin cesar y Adye ha preguntado por ellos a todo el mundo, ningún ser humano, excepto el posadero, sabe dónde están los libros. Esos libros que contienen el secreto de la invisibilidad y una docena más de otros raros secretos. Y nadie sabrá nada de ellos hasta que él se muera.

Índice